文　庫

人情刑事・道原伝吉

信州・諏訪湖連続殺人

梓　林　太　郎

徳　間　書　店

目次

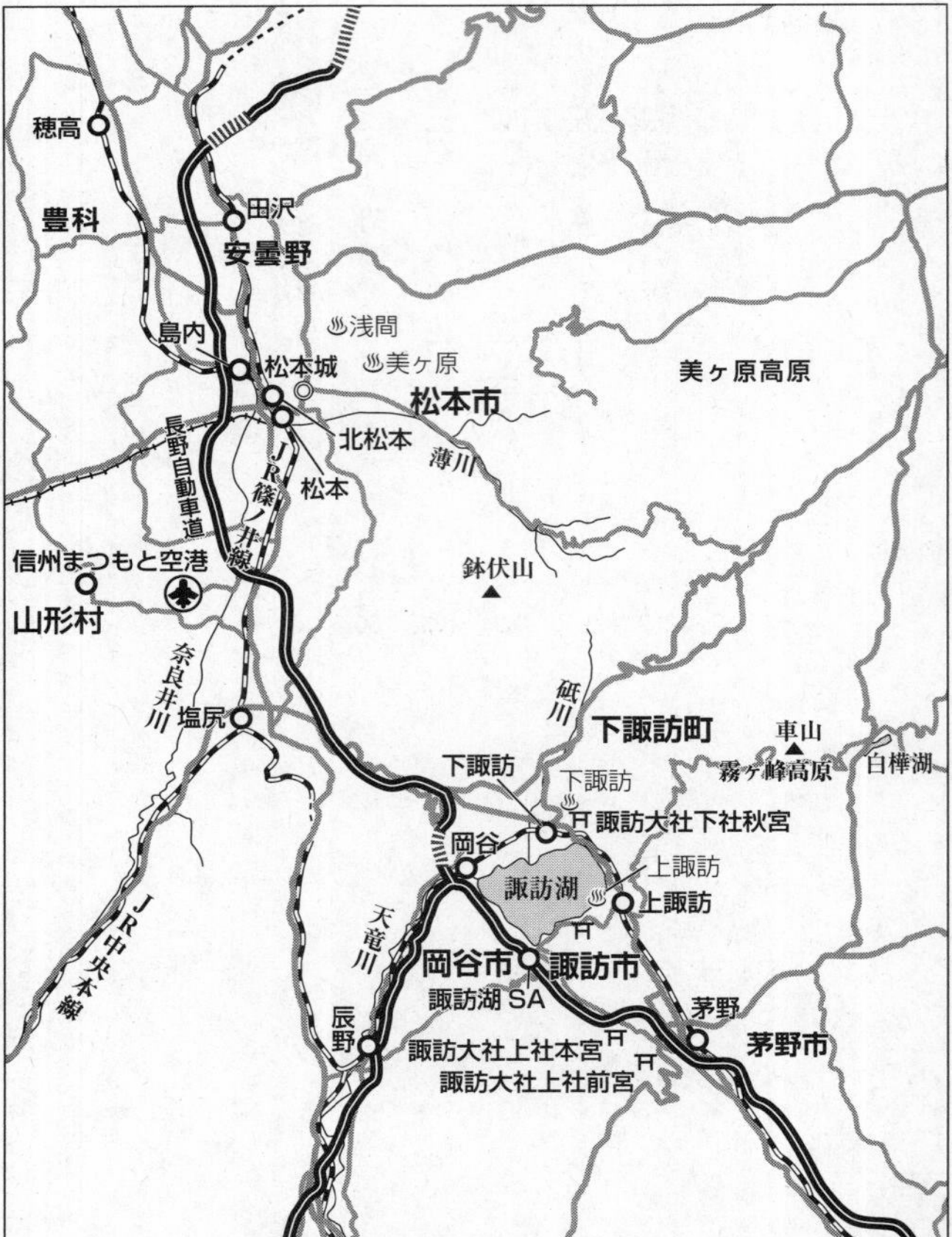

穂高
豊科
田沢
安曇野
浅間
美ヶ原
島内
松本城
松本市
北松本
松本
薄川
美ヶ原高原
長野自動車道
JR篠ノ井線
信州まつもと空港
山形村
鉢伏山
奈良井川
塩尻
砥川
下諏訪町
車山
霧ヶ峰高原
白樺湖
下諏訪
下諏訪
諏訪大社下社秋宮
岡谷
諏訪湖
上諏訪
上諏訪
JR中央本線
天竜川
岡谷市
諏訪市
諏訪湖SA
茅野
辰野
諏訪大社上社本宮
茅野市
諏訪大社上社前宮

第一章　お母さん

1

七月半ばの台風のような強い風の吹く日の夕方、市内に住む女性から長野県警松本署へ奇妙な一一〇番通報があった。

「男の子が、わたしの後を尾《つ》けています。つい先日も同じ男の子が」

といった。

ストーカー行為だとみた係官は、尾けている男の子は何歳ぐらいかときいた。

「四、五歳だと思います。まだ小学生にはなっていないように見えます」

「子どもですか。その男の子はどのぐらいの距離を尾けているんですか」

「時間にして、二十分ぐらい。わたしは気が付いたので、何度か振り向きました。すると男の子のほうは立ちどまってじっとしているか、物陰に隠れたりします」

「その男の子は、現在もあなたを尾けているんですか」

「わたしが振り向いたので、どこかへ隠れたようです」

「その子は、あなたに言葉を掛けたり、なにかしたりしますか」

「いいえ。声もきいていません」

係官は、電話をしてきた女性の氏名と住所を尋ねた。

「塩谷《しおたに》純子《じゅんこ》で三十四歳。住所は松本市惣社《そうざ》です」

夕方だったので、勤め先から帰宅途中かときくと、

「はい。帰る途中で、いまは清水《しみず》中学のグラウンドの横です」

係官は、彼女がいるところへパトカーを向かわせることにした。

パトカーは四分ほどで塩谷純子を見つけて近寄った。警官は彼女から十メートルほどはなれた位置から男の子があらわれるのを待った。しかし、十五分経《た》っても二十分経過しても男の子は姿を見せなかった。

警官は彼女に、男の子からなにか被害を受けたかをきいた。

「被害はありません。ただ尾けられただけです。尾けられていることに気付いたのは、三、四日前ときょうです。いくら子どもでも、後を尾けてくるのかと思うと、気持ち

が悪いものです」

警官は、また同じようなことがあったら通報してもらいたいといって、彼女の後ろ姿を見送っていた。

彼女は色白の細面《ほそおもて》で器量よしだ。三十半ばなのに至極地味な服装に見えた。白いシャツに黒のスカートで、襟元からは銀色の細いチェーンがのぞいていたが、簡素で飾り気のない印象だ。白いバッグを腕に掛けて、五、六十メートルいったところで右折した。その彼女の後を追っていく者はいなかった。

パトカーは、中学校の周囲をのろのろと走ってみたが、塩谷純子のいう男の子の姿を見つけることはできなかった。

翌日、風のおさまった薄曇りの午後五時、またも塩谷純子から、男の子に尾けられているという通報が入った。

パトカーが彼女のいる場所へ駆けつけた。きょうは中学校の百メートルほど手前だった。

彼女は女鳥羽川《めとばがわ》の近くで妹の下栗麻琴《しもぐりまこと》がやっているカフェの手伝いにいっている。きょうもそこからの帰りで、店を出て五、六分歩いたところで後ろを振り返った。すると三、四十メートルほどはなれたところに、きのうと同じ男の子がいた。彼女は男の子に声を掛けて近寄ろうとしたが、スーパーマーケットの角を曲がって姿を消してしまったという。

警官は、スーパーの周囲などを見てまわったが、彼女のいう男の子を見つけることはできなかった。

警官たちは彼女のいうことを疑うようになったが、三日間、女鳥羽川近くの「りり花《か》」というカフェから帰る純子を尾けることにした。男女の警官が彼女の三、四十メートル後ろを歩くことにしたのである。

五、六分歩くと、二人の警官のすぐ後ろに髪の毛が少し長い男の子がいた。警官は気付かないふりをして数分、純子の後ろ姿を追っていた。振り向くと男の子も立ちどまった。

警官は男の子に声を掛けた。するとその子はくるりとからだをまわして、逃げようとした。警官は子どもの肩をつかんだ。

「なぜ逃げるんだ」

男の子はぎょろりとした目を警官に向けた。顔は汚れていた。シャツの襟は汗がしみてか変色していた。何日も入浴していないし着替えもしていないらしかった。もしかしたら何日間かを路上で送っていたのではないのか。

なにをきいても口を閉じたままの男の子をパトカーに乗せた。一瞬、べそをかくような表情をしたが、男女の警官にはさまれて黙りこくっていた。丸顔で目が大きく、利発そうだ。氏名をきいたが前を向いたまま答えなかった。

「どこに住んでいるの。おうちはどこなの」

女性警官が彼の肩に手をかけてきいた。が、彼は、彼女をちらりと見ただけでなにも答えず、下唇を噛《か》んでいた。

松本署に着いた。パトカーを降りると、彼は署の建物を見上げる目をした。その顔は大人びていた。

年齢をきくと五歳だと答えた。写真を撮り体格を測った。身長一メートル八センチ、体重十六・五キロ。いくぶん痩せているようだ。もしかしたらなにかの事件にかかわりがあるのではとみたので、刑事課へ連れていった。

三船《みふね》刑事課長、刑事の道原伝吉《みちはらでんきち》、捜査では道原とコンビを組んでいる吉村夕輔《よしむらゆうすけ》、シマコと呼ばれている河原崎志摩子《かわらざきしまこ》が、汚れた服装の男の子を囲んだ。

彼は顔を伏せ、正面に腰掛けている三船課長に上目遣いをした。課長は氏名をきいたが、口を閉じたままだった。

道原が彼のほうへ上半身を倒して、

「暑かっただろうから、おじさんと一緒に、シャワーを浴びようか」

といった。彼は丸い目を道原に向けたが、シャワーに同意したらしくこっくりをした。

道原と男の子は浴室で丸裸になった。道原が男の子の頭に水を掛けると、「ひゃっ」と小さく叫んだが、道原を振り向いた顔は笑っていた。

タオルで背中を拭《ふ》いてやりながら、

「なにか食べたいだろ。なにがいい」

ときくと、

「ぎょうざ」

と答えた。

「おじさんも、ぎょうざが好きだ。いっしょに食べよう」

「うん」

男の子は初めて返事をした。

近所の店へぎょうざの出前を五人分注文した。留置人に着せるために洗ってあるだぶだぶのTシャツを着せ、これも大きすぎる短パンを穿《は》かせた。

彼がシャツの襟を気にして引っ張るのを見たシマコが、洗濯ばさみを後ろでとめた。

男の子は行儀がよかった。テーブルにぎょうざの皿が置かれると手を合わせてから箸《はし》を持った。

「君は、ショウイチくんだったね」

道原が男の子に並んできいてみた。

「トモノリだよ」

「そうか。トモノリ君か。名字は。なにトモノリなの」

「フルヤだよ」

「そう。フルヤトモノリ君か。いい名前だね。……住んでいるところを答えられるかな」

男の子は顔を上げたが答えなかった。箸を上手に使ってぎょうざを食べはじめ、六つ食べた。食べ終えると皿の上に箸をのせて、手を合わせた。この行儀は親に躾《しつけ》られていた習慣にちがいない。コップの水を飲むと唇を突き出して息を吐いた。

市役所へ、「フルヤトモノリ」の住民登録を照会した。夜間だったが十五、六分後に回答があった。フルヤトモノリと読める人は二人いて、六十七歳と五歳。五歳は「古屋智則」で、住所は松本市女鳥羽二丁目。家族は智則の母・古屋未砂子《みさこ》・三十二歳。

母親と二人暮らしをしている五歳の男の子が、知り合いでもなさそうな塩谷純子の後を尾けていた。智則の母親はいるのかいないのか。二人暮らしの家庭には智則には説明できない事情がありそうだ。

道原は、生活安全課の女性警官に智則をあずけて彼の住所を見にゆくことにし、吉村とシマコを促した。

2

古屋未砂子と智則の住所はすぐに分かった。女鳥羽川と寺のあいだの木造二階建ての一軒屋だった。丈の低い塀のなかのせまい庭にはバラの木が五、六本植えられていた。一階は雨戸が閉められ、玄関は施錠されていた。厳重に戸締りがされているようだったが、勝手口のドアだけは施錠されていなかった。智則は勝手口を出入りしていたのではと思われた。

同じような造りの隣家に声を掛けると、五十代半ば見当の主婦が玄関を開けた。夜間に警察官が訪れたからか、主婦は緊張したような顔をした。

道原が主婦に、隣の古屋家は母子二人暮らしだったようだがときくと、

「二年ほど前からご主人の姿を見なくなりましたので、もしかしたら離婚なさったのではとみていました」

「未砂子さんという智則さんのお母さんは、職業に就いていましたか」

「いいえ。家にいることが多いようでした。なにか手仕事でもしていたのでしょうが、めったに姿を見掛けませんでした」

道原は、きょう智則を保護したのだというと、

「智則ちゃんが、なにかしたのですか」

と、主婦は、まばたきした。

「智則君は、何日か前から、ある女性の後を尾けるようなことをしていた。彼に尾けられていた女性から訴えがあったので、彼を署へ連れていったんです」

「まあ、なにがあったんでしょう。女の方の後を尾けていたなんて……」

主婦は、そういえば何日も前から未砂子を見ていないといった。

「昼間も雨戸を締めきっているんですか」

道原がいうと主婦は、雨戸のことは気がつかなかったといった。

「奥さんは、智則君と顔なじみなんですね」

「はい。外で会えば、わたしが声を掛けていましたので。人なつっこくて、にっこり

するんです」

道原は、智則の汚れた服装のことを話した。

「まあ、それでは、お母さん、何日かいなかったんじゃないでしょうか。きょうもいないのでは……」

主婦はそういうと智則の家のほうへ首をまわし、何日間も家を空けるのなら智則をあずかったのに、といった。

「思い出したことがあります。古屋さんからきれいな女の人が出ていくのを、何度か見ました」

「若い女性ですか」

「三十代だと思います。痩せぎすの姿勢のいい女の人です。もしかしたら奥さんのお姉さんだったかもしれません」

「未砂子さんには姉がいるんですね」

「それは知りません。わたしが勝手に想像しただけです」

主婦は顎《あご》に手をあてていたが、智則の家は借家で、ここから二百メートルばかり南へいったところに平沢《ひらさわ》建業という会社がある。そこが家主だから、なにか知っていることがあるかもしれないといった。

平沢建業の事務所は電灯が消えていたが、隣の社長宅からは明々《あかあか》とした灯《あか》りが外へ洩《も》れていた。

社長は不在だったが妻が出てきた。道原は妻に、家作の古屋家についてききたいことがあるといった。

「貸し家のことは、わたしが管理していますが、古屋さんになにかあったんですか」

彼女は、道原の背後に立っている吉村とシマコの顔にもきいた。

「古屋未砂子さんにお会いになったことがありますか」

「何度もあります」

「どうやら未砂子さんは、智則君という五歳の子を家に置いて、何日間か帰ってこないようなんです」

「何日間もですか」

「出先でなにかの事情が生じて、帰ってこられなくなっているのではと思われます」

「まあ、子どもは食べ物なんかに困ったでしょう。古屋さんは男の子を幼稚園なんかに通わせていないようでした。毎日、何時間か子どもに、文字や計算を教えているときいたことがありました。それからピアノを教えているといっていたこともあります」

「ピアノを……」

「ええ。週に一、二回、女性の先生にきてもらっているといっていました」

「その先生はどなただったか分かりますか」

「それは分かりません。先生といっても、専門に教えているのではなくて、音楽をやっている方か学生かもしれません」

道原はうなずいた。

社長の妻は、古屋未砂子が何日間も帰宅していないことがどうして分かったのかときいた。

道原は、智則から後を尾けられていた女性からの通報があったことを話した。

「五歳の男の子が、女性の後を尾けていた……」

社長の妻は首をひねった。

「古屋さんのご主人は何年か前から姿が見えないということですが……」

「離婚なさったんです。その理由は知りませんけど、奥さんから別れたことをききました」

道原たちは古屋家へもどった。灯りの点《つ》いていない家のポストへ、「智則さんは松本警察署であずかっているので、ご連絡を」と書いたメモを入れておいた。

署にもどった道原は、仮眠室で眠っている智則を見てから帰宅した。仕事のことや、署で起こったことなどを家ではめったに話さないが、今夜は妻の康代《やすよ》に古屋智則のことを話した。

「その男の子のお母さん、あしたも帰ってこなかったら、どうするんですか」

康代はキッチンで流し台を背にしてきいた。

「児童養護施設へあずけることになるだろうな」

「その男の子は、何日ぐらい独りでいたんでしょうね」

「五、六日じゃないかと思う」

「ご飯をどうしていたんでしょうか」

「金を少し持ってたから、なにかを買ってたんだろうと思う」

「自宅でピアノを習っていたっていいましたね」

「週に一、二回、女の先生が通ってきていたらしい」

「その五、六日のあいだに、ピアノの先生はきたでしょうね。ところが古屋さんは戸締りされていた。どうしてなのかを男の子にきいたか、近所の人にもきいたんじゃないでしょうか」

「そうか。そうだな。その女性が近所の人に問い合わせていなかったとしたら……」

道原は、気づいたことをメモして、ポケットノートにはさんだ。

次の日、道原と吉村は、塩谷純子の妹がやっているカフェりり花へ立ち寄った。客が五、六人入っていた。純子はカウンターのなかで客席に背中を向けていた。洗ったカップを棚に並べているのだった。

道原が掛けた声に振り向いた彼女は、目を緊張させた。

「あなたの後を尾けていたのは古屋智則という名です。お母さんのいない五、六日のあいだ、食事をどうしていたんでしょうね」

道原がいうと、純子は、すぐにコーヒーを出すので座ってといって、カウンターの端寄りの席をすすめた。

純子の妹の麻琴が買い物をしてきたらしい手提げ袋をカウンターのなかへ置いた。麻琴は純子より少し背が高い。二人が並んだ顔を道原は見比べた。二人とも鼻筋が細くて目もとがよく似ていた。

「あの子は手にパンのようなものを持っていました。それを食べながら歩いていたんです」

純子は、後を尾けてくる男の子を何度か振り返り、なぜ尾けてくるのかを考え、彼を観察していたようだ。

「智則君は、自宅でピアノを習っていたことが分かりました。教えていたのは女性で、週に一、二回通ってきていたそうです。……そういう女性に心当たりはないでしょうか」

純子がいれたコーヒーを麻琴が道原たちの席へ置いた。

姉妹は顔を見合わせていたが、バイオリンを教えている男性を知っているので、その人にきいてみるといった。

麻琴が電話を掛けた。親しげに会話していたが、相手のいったことをメモした。バイオリニストの知り合いは二人で、三十代と四十代の女性だった。メモには氏名と住所とケータイの電話番号が書かれていた。吉村がそのメモを撮影した。三十代の女性の住所は市内美ヶ原《うつくしがはら》温泉、四十代の女性の住所は市内城山《じょうやま》。

二人にあたる前に、智則の住所の近くで、『古屋家へ通っている女性に、智則君のお母さんは何日も留守にしているが、その理由は』ときかれたことがあったかをきいてまわった。が、どの家の人も、そういうことをきかれたことはないと答えた。

美ヶ原と城山の女性の住所を訪ねて、『女鳥羽二丁目の古屋家へピアノの指導に通っていたか』を尋ねた。二人とも刑事の訪問を受けて目を丸くしたが、首を横に振った。

それでは、古屋家へ通っていそうな人を知っているかときいたが、知らない、分からない、といわれた。

その二人の話から、松本市内には「出張音楽教室」「ピアノ出張レッスン」という事務所があるのを知ったので、その二か所を訪ね、古屋家へピアノのレッスンに通わせているスタッフがいるかをきいた。だがいずれも、古屋家へはいっていないという回答だった。

古屋未砂子が何日からいなくなったかを知る必要があった。

「新聞を購読していれば分かると思います」

吉村がいった。

何日も不在の場合、新聞販売店はその家へ新聞をあずかっている旨のメモを入れて、新聞を保管している。

吉村はスマホで新聞販売店を検索して、古屋家では新聞を購読しているかをきいた。古屋未砂子は地元の新聞を取っていた。配達員が何日間も不在なのを知り、玄関ポストに差し込まないことにした。それは七月九日からだと分かった。八日の新聞は取り込まれていたのだから、未砂子は少なくとも朝刊を読んだのちに外出したものと判断された。

智則は、市内の「たけのこ園」へあずけられた。道原と吉村はそこへ彼に会いにいった。十畳ほどの広さの部屋に五、六歳の男女が八人いて、絵本を開いたり、木製のおもちゃを組み立てたりしていた。

新入りの智則はほかの児童になじんでいないからか、壁に寄りかかっていた。足を投げ出して、膝《ひざ》の上には本をのせているが開いていなかった。

道原と吉村が入っていくと、彼は投げ出していた足をたたんだ。

「きょうはここで、お昼ご飯を食べたんだね」

道原がきくと彼は首で返事をした。

「なにを食べたの」

「ハンバーグ」

「おいしかった」

「うん」

彼は何日かぶりで器に入った物をテーブルで食べたはずだ。

「お母さんが、家を出ていくとき、きみは家にいたんだね」

彼は、いましたというふうに返事をしたが、玄関を出て母を見送った、といった。

それから家の前を通りかかった車を母はとめて、それに乗っていったとたどたどしい口調で答えた。未砂子はタクシーに乗っていったようだ。

智則の記憶どおりだとしたらタクシーで松本駅へ向かったのではないだろうか。そうだとしたら彼女は電車に乗った。その行き先はその日に帰れないほどの遠方ではなかった。宿泊を要するほど遠方だったとしたら、智則を連れていったろうと思われる。

署にもどった道原と吉村は、三船課長の席の前へ椅子を寄せた。

「電車に乗ったのだとしても、日帰りができる場所だったでしょう。ところが八日間も帰宅しない。未砂子はいった先で事故に遭ったか、事件に巻き込まれた可能性があります」

道原がいうと、課長は腕組みしていたが、

「あした、家のなかを捜索しよう。彼女の行き先の分かる物が見つかるかもしれない」

道原と吉村は、課長の顔を見てうなずいた。

3

道原たちは、古屋未砂子、智則の家のなかを捜索するために車に乗った。

「智則君のお母さんには、いい人ができて、子どもを置き去りにしたんじゃないでしょうか」

助手席でシマコがいった。

「そういうことができる人間だったかを、彼女を知る人にきく必要があるな」

道原が後部座席から首を伸ばした。

「一昨年の春だったけど、城山のある家へ家宅捜索にいったら、高齢の人が死んでいたことがありました」

ハンドルをにぎっている吉村がいった。

古屋家の玄関は施錠されていたので、勝手口から入った。

流し台の横にはガラス張りの食器棚があって、色や柄のちがうコーヒーカップなどが並んでいた。透明のワイングラスが十個ぐらいあって、その下には赤ワインのボトルが三本立っていた。未砂子が飲むのか来客用なのか。ボトルのラベルを読んだシマコがフランス産だといった。

調理台には鍋《なべ》がのっていたので蓋《ふた》をとった。野菜の煮物が入っていた。

「もういたんでいるので、捨てますね」

シマコが鍋のなかを撮影してから、水道の栓を勢いよくひねった。

冷蔵庫を開けた。梅干しと、小魚の佃煮《つくだに》が二種類と、牛乳とバターとチーズと、オレンジジュースが収まっていた。冷蔵庫の上にはタオルと布巾がたたんで重ねられている。

キッチンテーブルには茶碗が二つとグラスとスプーンが置いてある。智則が使ったものにちがいない。

隣の部屋は和室だが畳の上にカーペットが敷かれ、ソファがテレビを向いていた。床には絵本と玩具のパトカーと消防車が転がっていた。奥の洋間には黒いピアノがあり、床に楽譜が散っていた。屋内に風が吹き込んだわけでもないのに、なぜ楽譜が散乱しているのか分からなかった。

二階へ上がった。部屋は二つで、手前の部屋は広く、ダブルベッドと洋服箪笥《だんす》が置かれていた。ベッドは未砂子が使っていたらしく、枕の上にピンクの地に細かい花柄のパジャマがまるめられていた。

その隣の部屋にもベッドがあった。智則が寝ていた部屋らしい。青い縞《しま》のパジャマが枕の上と床に脱ぎ捨ててあった。

ダブルベッドの下をあらためてのぞいたシマコが、大型のトランクを指差した。トランクは毛布をかぶっていた。ちょっと動かしてみたところ重そうだったので、なにが入っているのか見たいといった。吉村がしゃがんでトランクを、「重たいな」といいながら引っ張り出した。茶革で四隅に黒の厚い革を張った古くて頑丈そうな物だ。ロックされていたが小さなポケットが付いていてそのなかに小型の鍵が入っていた。割れるように蓋が開いた。緑色の厚い布が掛けてあったが、それの端を吉村がつまんだ。布がずれた瞬間、道原と吉村とシマコは、わっと声をそろえて小さく叫んだ。布の端にのぞいたものは札束だったからだ。

吉村は緑の布を取りのぞいた。一万円札の束がぎっしりと詰まっていた。

署へ電話して鑑識係を呼んだ。すぐに二人が到着した。札束の一つを手に取ると、

「真券です」

といった。

いくらあるのかを知りたいと道原がいうと、鑑識係はトランクから札束をつかんで床へ置いた。床には札束の山ができた。数えると一億五千万円だった。その目方は十

五キロあまりである。

古屋未砂子はこの大金を、いったいどうやって手に入れたのか。大金を所持していることと、今回の行方不明は関係があるのではないか。不正手段で手に入れたので、預金したり投資に用いることができなかったのではないか。

「わたし、なんだか気がヘンになったみたい」

シマコは札束の山を見ながら薄く染めた髪に両手を差し込んで、ぐしゃぐしゃになるまで掻《か》いた。

「こんな大金を見たのは、初めてだ」

吉村は鑑識係の後ろへしゃがみ込んだ。

「おれもだ」

道原はつぶやいた。この現金をどうするかを鑑識係と話し合った。

「持ち主がいるのですから、このままにしておくべきでしょうが、もしも火事にでもあったらと考えると……」

鑑識係は首をかしげた。

いったん署へ持っていき、そのあと銀行へあずけるのが適切ではないかということになった。

シマコは、

「めまいがする。今夜は眠れないような気がする」

といった。

道原は三船課長に電話した。

「最近、一億五千万円もの現金を盗まれたという事件は起きていない。どこかの地方で、貴金属商が大金を強奪された事件があったが……。古屋未砂子という女性は賭博《とばく》をやっていたかも。それとも競馬で大穴を当てたか」

課長は彼女は一億五千万円の上に寝ていたのかと、唸《うな》るような声を出した。

一階のテレビの横の箪笥から古いはがきが一通見つかった。諏訪《すわ》市の人から古屋竹《たけ》男《お》に宛てた挨拶《あいさつ》状だった。古屋竹男は未砂子の夫だった人で智則の父親だ。竹男と未砂子は二年あまり前に離婚したことが公簿で分かっていた。

竹男は三十五歳で、諏訪市に住んでいることになっている。一〇四番で古屋竹男の電話番号を調べてもらったが分からなかった。

未砂子には、別れた夫に会う用事ができたので、訪ねたことも考えられた。

松本、上諏訪間は三十五キロぐらい。特急列車なら二十分ほどだ。諏訪署に連絡して、竹男が公簿の住所に住んでいるかを確かめてもらうことにした。

約二時間後に回答があった。竹男は諏訪市小和田《こわた》の実家の住所に住民登録をしているが、住んでいるのは市内大和《おわ》だという。

分かったことがもうひとつあった。竹男の父親の古屋浩二郎《こうじろう》は市内の精密機器メーカーであるオリコン電子の社長。浩二郎の長男の松一《まついち》、三十八歳はオリコン電子に勤務。竹男はオリコン電子の関係会社である諏訪精密機械勤務だという。

古屋家は二年ほど前まで、諏訪湖畔のホテル鍵乃家《かぎのや》を経営していた。付近のホテルや旅館では老舗《しにせ》で、高級感を売りものにしていた。

そのホテルを突然手放したのである。それを知った人びとは、オリコン電子が資金難に陥っているのではないかと詮索《せんさく》した。ホテル鍵乃家は宴会場やレストラン経営の名門企業である帝王《ていおう》会館に買い取られ、従来からの営業をつづけている。約二年が経過したいまも、古屋家はなぜホテル鍵乃家を売ったのかと、首をかしげている人は少なくないという。

古屋未砂子には妹が一人いて下諏訪町新町《しんまち》に住んでいる。宮坂《みやさか》沙矢香《さやか》といって二十九歳。公簿上は独身だ。電話番号が分からないので会いにいくことにした。

国道で塩尻《しおじり》峠を越えた。右手前方に諏訪湖が見えた。雲が一瞬裂けると湖面が光を放ったように輝いた。対岸の家並みが明瞭《めいりょう》になった。湖畔に並ぶ旅館やホテルだ。諏訪大社下社秋宮《しもしゃあきみや》の前で地理を確かめた。

「下諏訪温泉旅館街の近くですね」

吉村がカーナビを指差した。

秋宮の鳥居を見ながら左折した。すぐに木造の旅館が目に入った。緩い坂だ。中山道《なかせんどう》である。街道の両側に旅館があらわれた。いずれも木造で古そうだ。

小さな鳥居の前で車をとめた。道路の両側に古びた民家が建ち並んでいる。そのうちの二軒できいて宮坂沙矢香の住居が分かった。中山道から一本東の通りに面した一軒屋だ。玄関ドアの前には小ぶりの鉢が四つ並び、赤と黄色の花が開いていた。隣のカラタチの生け垣の大きい家が家主であることが分かった。

玄関へ出てきた五十がらみの主婦に、宮坂沙矢香に会いにきたのだがと告げると、

「宮坂さんは、ここから五、六分の車山《くるまやま》光機に勤めています。毎日、夕方の六時すぎには帰ってきます」

といわれた。沙矢香は独身で、車山光機に七、八年勤務しているという。

「二十九歳ですが、独り暮らしですか」

道原がきいた。

「独りです。訪ねてくる人もいないようです。……でも毎週、金曜の夜は出掛け、土曜の午後帰ってきます。どこへいってくるのかは知りません」

とてもきれいな人ですよと、主婦は付け足した。

「姉さんが松本に住んでいますが、ご存じですか」

「きいたことがあります。ここへ訪ねてきたことはないのか、わたしは会ったことがありません。あのう、お姉さんになにかあったんですか」

主婦は声を密《ひそ》めてきいた。

「何日も前から行方不明になっているんです」

「行方不明……。お子さんがいるってきいていましたが」

「五歳の男の子がいます」

「お子さんを置いて、行方が分からなくなったんですか」

「そうです」

道原が答えると、主婦は顔を曇らせた。

道原は、姉は離婚して、子どもと二人暮らしだったことを話さなかった。主婦はなにかをききたそうな表情をしたが、頭を下げて退去した。

車山光機は高い塀に囲まれていた。白い石の門柱には社名が黒く彫ってあった。工場からは物を削っているような小さな音が洩れている。眼底カメラなどの眼科用機器は世界有数と評されている優良企業だ。

［総務部］という札の出ている事務棟へ入って、応対に出てきた女性に宮坂沙矢香に会えるかを尋ねた。女性は電話を掛けたが、

「宮坂はすぐにまいりますので」

といって下がった。
四、五分すると色白で痩身《そうしん》の女性が奥から出てきて、
「宮坂沙矢香です」

といって腰を折った。家主方の主婦がいったとおり器量よしだ。

「松本にいる古屋未砂子さんについてききたいことがあるんです」

道原がいうと、彼女は目を丸くして、

「姉になにかあったんですか」

ときいた。

道原は周りに目を配ってから、

「何日も前から帰宅していないんです」

と答えた。

彼女は、「えっ」といって胸に手をあてたが、「こちらへどうぞ」といって、簡素な応接室へ案内した。

道原は、未砂子が智則を自宅に残して外出して、それきりもどってこないことを話した。

「それはいつからでしょうか」

沙矢香は細い声できいた。

「新聞販売店で確認しましたが、七月八日に出掛けたきりのようです」

「知りませんでした」

彼女は胸のなかで姉の不在の日数を数えたようだ。一週間以上が経っているのを知ってか、血の気がひいたような顔色になって、智則はどうしているかをきいた。

智則は、松本市の児童養護施設であるたけのこ園へあずけたが、何日か前まで奇妙な行動をしていたのだと話した。

「奇妙なとおっしゃいますと、どんな……」

沙矢香は首をかしげた。

「松本市女鳥羽に、りり花というカフェがあります。その店は下栗麻琴さんという人がやっていて、彼女の姉の塩谷純子さんが手伝っています。その純子さんの帰宅を、智則君は尾けていました」

「尾けていたとは……」

「少しはなれた位置から、後を追っていたんです」

「塩谷さんは何歳ぐらいの方ですか」

「三十四歳です」

「姉は三十二歳ですから近いですね、塩谷さんは姉に似ているのではないでしょうか」

道原は、そうではなさそうだというように首を曲げた。彼は、妙なことがもうひとつあるのだといった。

沙矢香は蒼《あお》い顔をして、目を光らせた。

「智則君は、自宅でピアノを習っていました」

「知っています。わたしは教えにきていた先生に姉の家で一度会ったことがあります。たしか相沢《あいざわ》さんという方でした。智則は上達が早いといって、ほめていました」

「その女性は週に一、二回通ってきていたのに、未砂子さんがいなくなってからはきていないようです」

「きていない……」

沙矢香は眉間《みけん》をせまくした。

「それから」

道原はいって、肩を左右に揺すった。

「私たちはきょう、古屋さんの家のなかを見せてもらいました。未砂子さんの行方のヒントになるようなものでもあるのではと思ったからです」

沙矢香はうなずいた。

二階の寝室に大金がしまわれていたが、それを知っているかと道原はきいた。

「大金……」

彼女は、拝むように合わせた手を顎にあてた。

4

道原は沙矢香に親族のことをきいた。

「わたしたちは、松本市の隣の山形村《やまがた》で生まれました。兄が長男で哲哉《てつや》という名です。そして姉とわたしの三人兄妹でした。父は農業でしたけど、生家からはわずかな畑を譲られただけだったので、他所《よそ》の農家から米や野菜を買うこともありました。毎日、農作業をするわけでなく、大工さんの家へ手伝いにいってました。……四十二歳のとき、自宅の石垣を直していましたけど、どうしてなのか石垣が崩れて、その下敷きになって、二日後に亡くなりました。父が亡くなった年の暮れに母は風邪をひいたといって寝込んでいましたが、四、五日後に肺炎にかかって亡くなりました」

彼女は淡々と語っていたが、声が小さくなった。

「父は、早く家計を援《たす》けて欲しかったからか、哲哉が中学を卒業するとすぐに、松本の指物《さしもの》大工さんの家へ住み込みの見習いに出しました。六、七年後には指物職人として独立するのを夢見ていたようです」

ところが哲哉は見習いにいった二年後、家出した。あずけられていた家の金を盗んで、行方不明になった。父はあちこちへ問い合わせをしていたが行き先をつかむことはできなかった。

父と母を失った未砂子と沙矢香は、松本市内の母の妹の家で暮らすことになった。母の妹の夫は食料品店を市内に三、四か所持っていて、繁昌しているようだった。

未砂子は高校を出ると会社勤めをした。沙矢香は学業成績が良かったことから、担任教師が大学進学を叔母にすすめた。叔母は教師の意見にしたがって、沙矢香を大学へすすめた。

大学二年生のとき、哲哉から未砂子と沙矢香宛てに手紙が届いた。彼は二人の妹が叔母の世話になっているのを知っていたのだった。

その後、姉妹には毎年哲哉からの手紙が届くが、いつも自分の住所は書いていない。消印から東京に住んでいるらしいことだけが分かっている。

「ある時は、絵を送ってよこしました」

沙矢香は目を細めた。

「どんな絵ですか」

「画用紙に描かれた水彩画です」

「静物ですか、それとも風景……」

「川に架かる橋であったり、工場群であったり」

「では何度も送ってよこしているんですね」

「一点ずつ三回送ってくれました。わたしは額に入れて壁に飾っています」

「哲哉さんは未砂子さんには絵を送っていないんですか」

「なぜか、わたしにだけです」

「どんな暮らしをされているのか、手紙に書いてありますか」

「いいえ。住所も書いていないし、結婚しているのかどうか、どんな職業に就いているのかも。……ですので、こちらから手紙を出すこともできません。今年届いた手紙には、両親の墓参りをしてきたとありました。お墓の所在をどこかに問い合わせてきたのでしょうね」

「哲哉さんは、十六か十七歳のときに、見習いにいっていた家からいなくなった。あなたとお姉さんはそれ以降哲哉さんには会っていないんですね」

彼女は唇を噛んで、首で返事をした。

公簿を調べてみたかときくと、

「松本の見習いにいっていた木工所の住所が書いてあって、以後住所は不明で職権消除という印が付いていていました。わたしは市役所からそれの写しをいただいて、自宅にしまっています」

彼女は語尾を震わせ、兄に会いたいといった。

道原は、哲哉が描いたという絵を見たくなった。それをいうと、沙矢香は腕の時計を見て、三十分ほどで終業になる。そのあと自宅へ案内するので待ってくださいといった。

彼女はもう一度時計に目を落としてから応接室を出ていった。

「きれいな人ですね」

吉村は、彼女が出ていったドアのほうを向いた。

沙矢香は二十九歳だ。縁談は降るほどありそうな気がするがどうなのだろうか。

三十分ばかり経つとベルが小さく鳴った。それから十分ほどして沙矢香が応接室へやってきた。彼女は紅を引き直したのか唇が少し赤かった。

彼女の自宅へ向かって歩きながら、会社ではどういう仕事をしているのかを道原はきいた。

「秘書課といって役員室の事務です。わたしは主に専務のスケジュール調整などを受け持っています。専務はお年寄りなので、外出先へお供することもあります」

彼女は応接室にいたときとちがって、明るい声で話した。

彼女は鉢植の花をちらりと見てから光った鍵で玄関ドアを開け、スリッパを出して、「どうぞ」といった。スリッパはめったに使わないのか真新しく見えた。

上がってすぐ左手が洋間で、赤と緑の細かい柄のソファが据わっていた。小ぶりのテーブルには本がのっている。

白い壁には絵が二点架かっていた。

「これですね」

道原と吉村は額に納まっている絵に近寄った。二点とも横五十センチ、縦四十センチぐらいだ。

一点は残雪の山脈だった。高くとがった峰の山襞《やまひだ》には雪が条を引いている。その手前の山は頂が丸く、穏やかな傾斜が左右から迫って、青黒く塗られていた。五月ごろの風景ではないか。

「赤岳《あかだけ》じゃないでしょうか」

吉村がいった。山梨県側からの八ヶ岳《やつがたけ》のようだ。

もう一点は川岸に並んでいる工場群だった。下のほうでは火が燃えている。煙突からは紫色の煙が出て風になびいている。灰色をした建物のあいだには何本もの樹木が描かれているが、葉が出ていなかった。炎が描かれているのに、荒涼とした雰囲気が漂っている風景である。

絵はもう一点あって、壁に寄りかかっていた。大きい川に架かっている鉄橋だ。その橋は鮮やかな黄色である。川は灰を溶かしたように濁っている。橋の骨組みの向こうの右下には建物があるが、消えかかるようにかすんでいる。橋の色だけは一見派手だが陰鬱《いんうつ》である。

三点の絵の右下には人物が小さく描かれ、いずれも赤い物を着ている。そして網のような物、鍬《くわ》のような物、笠のような物を持っている。

道原は絵のうまさをほめたが、静かに心に染み込んでくる暗さがあることは口にしなかった。

「絵をご覧になって、兄がどんな暮らしをしているのか、想像できますか」

沙矢香はきいたが、道原は答えられなかった。

「哲哉さんは、どうして未砂子さんやあなたに、会いにこないんでしょうね」

沙矢香は首を少しかたむけたが、

「親の期待に背いたからではないでしょうか」

「そういう人は世間にいくらでもいるのに」

「姉もそういっています」

「しかし、ご両親のお墓をお参りしたり、あなたたちの住所を知っている。遠方にいるのかもしれないが、そっと見守っているようにも取れます」

道原がいうと、「そうでしょうか」というふうに彼女は首を動かしたが、急になにかを思い付いたように表情を変えた。

「智則には会えるでしょうか」

「会えます」

「智則のいるところへ、これから連れていっていただけないでしょうか」

「会ってあげれば、きっとよろこぶ。いきましょう。松本のたけのこ園です」

沙矢香はバッグを手にした。

彼女を後部座席に乗せて十五、六分走ったところで、

「姉の家には、大金がしまわれていたそうですが、それはどれぐらいですか」

と、道原の背中にきいた。

「一億五千万円です」

「一億……」

彼女は驚いてか、それきりものをいわなくなった。

蟻ヶ崎台《ありがさきだい》のたけのこ園に着いた。夕飯を終えた十数人の子どもたちは、板敷きの広い部屋で遊んでいた。五、六人はボールを投げたり転がしたりしているが、壁ぎわで絵本を見ている子どももいた。智則は女の子に並んでテレビを観ていた。沙矢香が近づいて背中に声を掛けた。振り向いた彼は、目と口を大きく開けると沙矢香に飛びかかるように抱きかかえられた。うれしいらしく、顔を彼女の胸に押しつけている。

「すぐにこれなくてご免ね。お母さんがいなかったことを知らなかったの」

沙矢香はいったが、智則は彼女の腕のなかからはなれなかった。

彼女は道原と吉村のほうを向くと、

「一時間ばかりここにいて、帰りますので」

といって、智則と手をつないで頭を下げた。

智則と並んでテレビを観ていた女の子は、沙矢香に手をつながれた智則を恨むような目でにらんでいた。沙矢香を智則の母親だと思ったのではないか。

道原は、その女の子に近づいた。胸には［ちかこ］という名札が付いている。智則と同じ五歳ぐらいだが、顔色が蒼白い。

道原はしゃがんで髪の長さが不ぞろいの女の子の頭を撫《な》でた。彼女は彼の顔をじっと見ていたが、なにを思ってか目をうるませた。

女性の職員に、どういう子なのかを道原はきいた。

「お父さんと暮らしていたんですが、お父さんがちょっとまずいことをして、遠いところへ送られていったそうです」

犯罪にかかわったということらしい。

沙矢香は智則の手をにぎって、道原と女の子のようすを見ていた。

蛍光色のボールがちかこの足元へ転がってきたが、彼女はそれを拾おうとしなかった。

5

道原と吉村は、茅野《ちの》市の諏訪精密機械へ古屋竹男に会いにいった。その会社は、諏訪市との境に近い工業団地の一角にあった。

白やクリーム色の建物が並んでいるところもあるが、整地されながら空いているところもあちこちある。企業を誘致したが工場が予想どおりには集まらなかったのだろうか。

事務室へ入って、ベージュの制服を着た女性社員に、古屋竹男に会いたいと告げると、二人の目の前で電話を掛けた。

竹男はすぐに電話に出たようだ。

「道原さまとおっしゃる方が、会いたいとおっしゃっています」

女性がいうと竹男は、どういう人なのかときいたようで、彼女は受話器を耳からはなした。道原は、「警察の者です」と彼女にいった。

「古屋はすぐにまいりますので、こちらで」

と彼女はいって応接室へ通した。

その部屋には灰色の大きな花瓶があって緑の葉と赤と白の花が活けられていた。

道原は窓辺に立って外を眺めた。トラックが二台、奥のほうへ向かっていき、黒い乗用車が門を出ていった。鉄工所や造船所は大きい音をさせているが、精密機器の工場は休んでいるのかと思うくらい音を外に出していない。
五、六分して制服姿の古屋竹男がやってきた。四角ばった顔をした長身である。三十五歳だが、眉間に皺《しわ》を立てているからかもう少し歳上《としうえ》に見えた。
彼は名刺を出した。生産管理部次長の肩書きが刷ってあった。

「古屋未砂子さんについて、うかがいたいことがあるのでお邪魔しました」

道原がいった。

「未砂子とは二年前に別れましたが」

竹男の眉間の皺は深くなった。

「それは分かっていますが、一週間以上前から自宅へ帰っていません」

「自宅へ帰っていない。……彼女は男の子と二人暮らしだと思いますが」

「そうです。五歳の智則君と二人暮らしで、週に一、二度、自宅でピアノを習っていました。智則君にお母さんの行き先をききましたが、分かりません」

「未砂子は、いつからいなくなったんですか」

「七月八日だと思います。智則君を自宅に置いて出ていったんです。すぐに帰ってくるつもりだったんじゃないでしょうか。こちらへうかがったのは、未砂子さんの行き先にお心あたりがあるのではと思ったからです」

「心あたりなんて、ありません。私は離婚した直後、二度、いや三度会ったきりです」

竹男は額に手をやった。

「立ち入ったことをうかがいますが、離婚の原因はなんだったのですか」

「未砂子の今回の件とは、関係がないと思います」

「ないかもしれないが、教えてください」

竹男は額にあてていた手を頭にのせた。

「私のほうに非があったんです」

彼の声が小さくなった。

「女性ですか」

「まあそういうことです。お恥ずかしいことです」

竹男は目を伏せて話していたが、なにかに気付いたように顔を上げて、智則はどうしているのかをきいた。父親なのだから当然の質問だった。

「松本のたけのこ園へあずけました。私たちはきのう、宮坂沙矢香さんと一緒に、智則君に会いにいきました」

「そうですか」

竹男はなにを考えているのか目を瞑《つむ》った。

「松本署はきのう、未砂子さんの自宅へ入って、内部を見ました。彼女の行き先が分かるような物がないかをさがすのが目的でした。そうしたらびっくりするものを見つけたんです」

「びっくりするもの……」

竹男は目を見開いた。

「大金です」

竹男はまばたきをした。

「いくらあったと思いますか」

道原は竹男の四角い顔をじっと見ていった。

「さあ……」

「一億五千万円」

「それは、離婚したときに渡したお金です。私が一億円、両親が五千万円を、慰謝料として。一方的に私が悪かったので」

彼はまた頭に手をのせ、未砂子は金を遣わず、自宅へ置いていたのかといった。

「人に見せたり、世間に知られたくないので、自宅に隠しておいたのでしょう。なんとなく危険な気がしますが」

「私は、銀行にあずけるか、株でも買ったのではと思っていました」

「古屋さんは二年ほど前、諏訪湖畔の鍵乃家を手放していますが、それは慰謝料に宛てるためだったんですか」

「ホテルは儲《もう》かっていませんでした。長いあいだ経営していましたが、買い手があれば手放すつもりだったんです。売りに出したら、わりあいいい値で買ってくれる先が見つかったんです。たしかに売った金の一部を慰謝料に使いました」

未砂子は慰謝料として受け取った金に手をつけなかった。手持ちの金があったからか。

彼女は始末屋だった、と竹男は過ぎ去った日を思い出したようにいった。

「生まれた家が貧しかったからでしょうが、万事につましい暮らしかたをする女でした。たとえばくだものなどは高いといって、めったに買いませんでした。リンゴは知り合いの農家へいって分けてもらっていました。着る物も同じで、冬にそなえて、よくセーターを編み棒で編んでいました。私が、貧乏臭いというと、反発しましたし、私が買ってくる物を批判することもありました」

「未砂子さんは、仕事をしていましたか」

「智則を産む三、四か月前まで、松本市内の自動車販売会社に勤めていました。あ、思い出しました。その会社に勤めていた細川《ほそかわ》さんという女性とは仲よしで、その人は私たちの家へ遊びにきたことも、赤ん坊の智則を見にきたこともありました。その人は結婚後も会社では細川姓で通していました」

現在はどうしているか知らないという。

未砂子と細川という女性が勤務していた会社は、国道沿いのホワイトワークス社だという。

道原と吉村は、未砂子と接触したことのある人に片っ端から会うことにしているので、古屋竹男が思い出した細川という女性をさがすために、自動車販売会社を訪ねた。

ガラス張りの展示室のオフホワイトの乗用車の脇にいた水色の半袖シャツの女性に、以前、細川という姓の女性が勤務していたはずだが、現在はどうしているのかを知りたいと告げた。

「細川は二年ほど前まで勤めていました」

女性は歯切れのよい声で答えた。

「結婚して、姓が変わったと思いますが」

道原がいうと、彼女は調べてくるといってドアのなかへ消えた。
五、六分経ってメモを手にして出てきた。
細川静子《しずこ》は百瀬《ももせ》静子になっていて、退職時の住所は松本市南原《みなみはら》だと分かった。

車にもどると吉村がナビゲーターを検索した。南原は奈良井《ならい》川の東で、自衛隊松本駐屯地の近くだと見当がついた。

長野自動車道の塩尻を越え、松本インターチェンジを降りて南へ下った。百瀬という家をさがしてのろのろ走っていると自衛隊の二台の車に追い越された。

「百瀬」の表札が出ている家は建売住宅だったらしく、同じような造りの二階建てが並んでいる一角だった。

玄関ドアの前にオモチャのトラックが横倒しになっており、小さなバケツが転がっていた。

吉村が声を掛けた。すぐに女性の声が返ってきてドアが開いた。

「細川静子さんですか」

道原が旧姓をいった。

「はい。細川です」

彼女は、つられたような返事をした。道原は、ホワイトワークス社できいてきたのだといって、

「古屋未砂子さん、旧姓宮坂さんについて、うかがいたいことがあるんです」

といった。

「未砂子さんなら、よく知っています」

彼女は、子どもがいるのでちらかっているが、といって、座敷へ通した。

「お子さんは……」

「五歳の男の子と二歳の女の子です」

女の子は隣室で眠っているという。

「五歳というと、未砂子さんの息子の智則君と同い歳ですね」

「そうです。うちの子は智則ちゃんより二か月ばかり後で。……あのう、未砂子さんになにかあったのですか。彼女には五月ごろ会ったきりでしたけど」

「七月八日に智則君を自宅に置いて、外出したようですが、それきり帰ってこないし、

連絡が取れないんです」

「八日に……」

静子は頭のなかできょうまでの日数を数えたようだ。臙脂《えんじ》色のスマホを取り出すと素早く指を動かした。

「電源が切られている」

とつぶやくと、目を天井に向けた。どうしたのかしら、どこへいったのかしらと考えているようだ。

「なにか切羽つまったような用事ができて出掛けたのでしょうか」

彼女は瞳を動かした。

「そうかもしれませんが、智則君にきいてもそれは分かりません」

道原は、智則がある女性の後を尾けたことから、母親の不在を知ったのだと、今日までの経緯を話した。

「女性の後を尾けたとは、いったいどういうことでしょうか」

静子は、二人の刑事の顔を見比べるような表情をした。

「後を尾けられたのは、妹がやっているカフェの手伝いをしている三十四歳の女性です。その人は、智則君が知っているか見たことのある女性に似ているんじゃないかと思われます」

「未砂子さんと年齢が近いんですね」

道原はうなずいてから、不審なことがまだあるといった。静子は目を見開いて首を少し前へ出した。

「智則君が自宅で、ピアノを習っていたのをご存じでしょうか」

「知っていました。幼稚園へ通わせずに。……未砂子さんは子どものとき、両親を失って恵まれない時期があったので、智則ちゃんにはできるだけ高い教育を受けさせたいといっていました。……わたしは、未砂子さんの家へ通っていたピアノの先生に一度会っています。顔立ちのいい清潔そうな方で、智則ちゃんの進歩をほめて、教え甲斐があるといっていました」

「その人がきていないようなんです。きていれば、未砂子さんの不在の理由を、近所できいているはずです」

「出張教師を断わったのではないでしょうか」

そうだろうか、と道原は首をかしげた。

「智則ちゃん、可哀相」と静子はいって、あした、たけのこ園へ智則に会いにいくといった。

未砂子は二年前に古屋竹男と離婚したが、それにはどんな事情があったのかを知っているのではないかと道原はきいた。

静子は、どう説明したらよいものかを迷っているような顔をしたが、未砂子は長いあいだだれにも話さず悩んでいたが、ある日、「決断した」と静子に話したという。

竹男は見かけによらない男だった。穏やかな話しかたをするので温厚な性格だとみて、未砂子は結婚を決めたのだが、智則が生まれたころから、彼女に対して暴言を吐くようになった。

彼には遊び相手の若い女性がいることを彼女は知ったので非難した。すると彼は謝るどころか食ってかかり、大声でやり返したり、ときには物を投げつけたり、食事の途中で箸を放り出して外へ出ていくこともあった。

未砂子は竹男の変わりようを、彼としょっちゅう飲み食いしている友人に打ち明けた。

その友人は、『古屋竹男のクセは、結婚したら直るのかと思っていた』と、竹男の素行を語った。

竹男は資産家の次男で、学生時代からポケットには数万円、ときには札束のような現金を持ち歩いていた。母親が彼に甘くて、ねだればいくらでも出してくれるような人だったらしい。

竹男は東京の私立大学へ入ったのだが、三年生ぐらいのときから酒場通いを覚えて女遊びに耽《ふけ》るようになった。いつも三、四人の若い女性と付合っていて、土曜の深夜、酒場の女性を二人連れてタクシーに乗る。ホテルに入ると三人ともすっ裸になって持ち込んだ酒を飲んで、乱行におよぶ。『女が二人いるから面白いんだ』と、親しい学生に自慢げに語っていた。

大学を卒業して諏訪市の実家へ帰ると、オリコン電子の社長である父親の浩二郎は、竹男を子会社の社員にした。

竹男は、自動車販売会社に勤務していた宮坂未砂子を見初《みそ》めて、交際をはじめた。未砂子を知ってからの彼は、学生時代からつづいていた素行は影をひそめたようにおとなしくなり、彼女との結婚を決めた。

結婚披露宴は、古屋家が経営していた諏訪湖畔の鍵乃家で催された。その挙式と宴席に招ばれた未砂子の親族は、叔母と妹の沙矢香だけだった。それを知ったとき竹男の母美津《みつ》は、『二人きり』といって顔をしかめたという。

離婚の話は未砂子のほうから切り出したらしい、と静子はいった。

「別れたいって未砂子がいったら、竹男さんは、そのほうがいい。おれは退屈な人間が嫌いなんだといったそうです」

静子は、他人事《ひとごと》なのに怒ったような顔をした。

ふすまが開いた。昼寝していた女の子が目を覚ましたのだった。女の子は目をこすりながら出てくると、道原たちを見ながら静子の背中へ隠れた。

第二章　湖畔の事件《ヤマ》

1

塩谷純子から道原に電話があった。智則が後を尾けていた女性である。

「あの男の子がどうしているか、毎日、気になっているんです」

彼女は低い声でいった。

児童養護施設のたけのこ園へあずかってもらっていると答えた。

「あの子は、わたしをだれかと勘ちがいしているんじゃないかって思うようになりました」

道原もそうかもしれないと何度か思った。そうだとしたら智則から、だれだと思って後を尾けていたのかをきき出したかった。

彼は純子を、たけのこ園へ誘ってみた。彼女を見た智則がどう反応するかを観察したかった。

彼女をカフェりり花へ迎えにいって、車に乗せた。吉村がハンドルをにぎっている車の助手席に、きょうはシマコが乗っている。

車を店の前へとめると、待ちかまえていたように純子が出てきた。クリーム色のシャツにグレーのパンツ姿の彼女は白い布製のバッグを持っていたが、それは重たそうにふくらんでいた。

「子どもさんたちへの、おやつです」

彼女はバッグのふくらみを軽く叩いた。

道原は、三十四歳なのに独身だという純子の日常に興味を覚えたので、

「お独りで暮らしているということでしたが……」

と、さぐりを入れるようにきいてみた。

「三年前に、離婚したんです」

と、彼女は道原に顔を向けて微笑《ほほえ》むように目を細めた。暗い話をはじめようとする表情には見えなかった。

「結婚生活は、何年ぐらいだったんですか」

「五年ちょっとでした。子どもはありませんでした」

「立ち入るようですが、ご夫婦のあいだになにがあったんですか」

前方を向いている純子にきいた。

「夫は、働くことが嫌いな人でした。わたしと知り合ったころは、わりに大きい精密機械の会社に勤めていましたけど、結婚して一年ばかり経ったころから、頭が重いとか痛いといって、朝起きてこないんです。そういう日が月に何度かあって、そのたびに私が会社へ、『お休みさせてください』って電話をしていました。そのうち会社の上司から、『たびたび休むのなら、戦力にならない』といわれ、退職をうながされ、退職しました。そのあと夫は、毎日のように退職をうながした上司の悪口をいいつづけていました。一週間ほどぶらぶらしていましたけど、再就職先を見つけて、通いはじめました。精密機械の下請け会社でした。そこへ勤めて四、五か月経ったころから、お夕飯のとき、上司をコキ下ろすような話をするようになって、自分から辞めました。それより少し前から、わたしがきいたことのない宗教団体に入って、病弱の人たちや生活困窮者を救済する事業に参加するといって出ていき、一週間も十日も帰ってこなくなりました。……わたしは製材所の事務員をしていましたけど、夫のことが気になるし、家計も楽でないので、夫の実家へ実情を話しにいきました」

「ご主人の実家は、遠方ですか」

「諏訪市内の南のほうで、半日村といわれていた谷底のような集落です。お天気のいい日でも陽の差す時間が少ないので、そんな呼びかたをされていたようです。……主人のお父さんは山仕事といって、山の森林の下草を刈るようなことをしていた人で、お母さんは佃煮屋さんに勤めていました。妹が二人いて、二人とも岡谷市内の工場に勤めていました。……わたしが主人のことを話すと、秀康《ひでやす》、主人の名です。秀康はそんな人じゃない。こつこつと真面目に働く男だ。秀康に働く気を起こさせないのは、あんたのせいじゃないのかって、お母さんにいわれましたし、二人の妹はわたしを冷たい目で見ていました」

その後の秀康は、和菓子屋とメガネ店に職を変えたが、いずれも長つづきしなかった。

純子は夫が勤め先を辞めるたびに、どうして長つづきしないのかをきいた。すると彼は、上司や店主の悪口をいった。彼女と夫はいい合いになり、性格が合わないのだと結論して別れる決心をした。まるで喧嘩《けんか》別れであり、後味の悪さがしばらく残っていた。

それを妹に話すと、『しばらく店を手伝って』といわれたので、毎日、午後五時半までり花に勤めていると語った。

「恥ずかしいことですけど妹の麻琴も離婚を経験した女です。夫だった人は、諏訪市内にも岡谷市内にも、そば屋を持っている事業家です。精密機械の会社にも投資して、配当を得ています。……麻琴は気の強い女でして、夫の事業のやりかたなどに口をさしはさむようになりました。そのお節介を夫が嫌って、彼女を追い出しました。妹が出ていくとき、『小さい店でもやるといい』といって、予想以上のまとまったお金をくれたんです」

麻琴はそれを元手にカフェを開いたのだという。

麻琴は気性が激しく、若い女性を従業員に雇うが、気に入らないことがあると、ずけずけと文句をいう。それを嫌って辞めた女性が三人もいるといって、純子は道原のほうを向いて白い歯を見せた。

午後三時、たけのこ園に着いた。体格のいい女性職員が、「いま、お昼寝の時間なんです」といって、廊下から広い部屋を見せた。
十四、五人の子どもたちがタオルケットをかぶったり敷いたりして寝ていたが、一人だけ壁ぎわで絵本を開いている男の子がいた。智則だった。
道原が近づくと顔を上げ、本を床に置いて立ち上がった。退屈だった、といっているようだ。道原は彼を廊下へ誘い出した。そこには塩谷純子が微笑んでいた。智則は笑わず、真剣な目を純子に向けた。なにかをいいたいのだが言葉が出てこないといっている表情だ。

純子は姿勢を低くしてじっと智則を見てから、

「あなたは、わたしの後を尾けていたのよ。憶えているでしょ」

といって、水色のシャツの肩に手を触れた。

智則はまばたいた。拳《こぶし》を固くにぎっている。

道原はしゃがんで彼の表情に注目した。

智則は純子の顔から目を逸《そ》らすと、道原の目に飛び込むような顔をした。その目はうるんで、音のするような涙を頬に伝わせた。彼はなにかいいたいのだ。だがそれをどういえばいいのか分からず、苦しんでいる。母になら訴えることができたのだがと思ってか、涙がこぼれてくるのではないか。

「智則ちゃん」

呼んだのはシマコだった。彼女は廊下に両膝を突くと智則を抱き寄せた。智則は両手をシマコの首に巻いた。

「もうひと方、智則君にお客さまが」

そういった職員の後ろを近づいてきたのは百瀬静子だった。未砂子の親友だ。彼女は女の子を連れていた。

丸い頬の可愛い顔の女の子を廊下に立たせると、

「智則ちゃん」

と呼んだ。

智則はシマコから顔をはなして静子に光った目を向けた。何度も会ったことがあったらしく、頬をゆるめた。

静子は智則の着る物を持参したといって、職員に手提げ袋を渡した。

道原は静子に、塩谷純子を紹介した。おじぎをした静子は硬い表情をして、道原の上着の裾《すそ》を引っ張った。彼は静子とともに智則のいるところから五、六歩はなれた。

「塩谷さんは、智則ちゃんにピアノを教えていた方に、よく似ています。見れば見るほど……」

と、小さな声でいった。

「そうか」

道原はうなずいた。母がいなくなってから智則はどこかで純子を見掛けた。その瞬間、ピアノを教えに通ってきていた女性だと思ったのではないか。

「背の高さ、痩せぎすのところも似ています」

静子は純子を見ながらいった。

智則には純子がピアノ教師でないことは分かったが、よく似ているので教師の姉妹とでも思ったのではないか。そして、尾いていけば、母の居所が分かるような気がしたということではないか。

道原は純子の近くへ寄って、

「あなたは、智則君にピアノを教えに通っていた人によく似ているんです」

と話した。

「ピアノの先生に……。わたしはピアノを弾けないので……」

と純子はいってから、

「その先生は、最近、智則ちゃんの家へきていないのでしょうか。それともお母さんが出張を断わったのでしょうか」

と、曇った表情をした。

ピアノの出張教師の姓は相沢だと沙矢香が記憶していた。その女性が智則を訪ねていないことと、智則の母の未砂子が何日も帰ってこないこととは関係があるのだろうか。

2

道原たちが塩谷純子を伴ってたけのこ園へいった翌日の午前十一時である。たけのこ園の職員が悲鳴のような声で松本署へ電話をよこした。

古屋智則がいなくなった。彼の姿が見えなくなったので、三人の職員は園と散歩にいった公園の周辺をさがしまわったが見つからなかった、という。

通信指令係は、市内を巡回中のパトカーと交番に五歳の男の子の行方不明を伝達した。

「自宅へ帰ろうとしたんじゃないか」

三船課長は、たけのこ園の蟻ヶ崎台と智則の自宅の女鳥羽の間をさがすことだといった。

道原は胸騒ぎを覚え、吉村とシマコを呼び寄せた。

「智則は、たけのこ園にいるのが嫌で、逃げ出したんじゃないと思う。お母さんをさがして、どこかへいこうとしたんじゃないかな」

彼が姿を消して三十分ぐらいが経っているというから、そう遠くへはいっていないだろうといって、三人は車に乗った。シマコは、智則は自宅へ帰ろうとしたのではないか、といったので、女鳥羽二丁目の自宅への道筋をのろのろと走り、歩いている人に、「男の子を見掛けなかったか」ときいた。

午後三時少しすぎ、通信指令係から、「大糸線沿いの松本光学という会社の社員が、智則らしい男の子を保護しているという連絡があった」という報《しら》せが入った。

松本城の北側にいた道原たちの車は、北松本駅をめざした。松本光学という会社は北松本駅のすぐ近くだ。

その会社の門へ飛び込むように入ると、制服の守衛が出てきて三人を事務所へ案内した。

智則はジュースの缶を手にして、女性社員に付添われていた。道原たちを見ると、はにかむような顔をした。

女性社員がいうには、会社の塀の外に、散歩中の人がすわれるようにと床几《しょうぎ》を置いている。智則はそれに腰掛けていた。守衛が見かけて、どこからきたのかをきいたが、答えなかった。『おなかがすいているんじゃないか』ときくと、こっくりをした。なにを食べたいかをきくと、『やきそば』だと答えた。それで事務所へ連れていき、近所の店からソース焼きそばを取り寄せた。名前をきくと、フルヤトモノリだと答えた。

散歩中に道に迷ったのではと社員は判断して警察に知らせたのだという。

「智則君は、どこへいくつもりだったの」

シマコがきいた。

「おばさんのおうち」

「おばさん……」

シマコは、だれのことかというふうに道原に目顔できいた。

「宮坂沙矢香さんのことだと思う」

「沙矢香さんのおうちへいきたかったの」

智則はうなずいた。

「沙矢香さんのおうちは、下諏訪だよ。電車でなくては。智則君は電車でいくつもりだったの」

彼はまた首で返事をした。

彼はたけのこ園になじめなかったのではないか。ほかの園児と一緒に遊べなかった。母を恋しくていたたまれなくなり、叔母を訪ねることにしたのだろう。

「おじさんたちは、智則君のお母さんをさがしてあげる。きっと見つかるよ。お母さんには大事な用事があって、おうちへ帰れなかったんだ。いまにきっと帰ってくるから、君はたけのこ園で待っていることにしよう」

道原がいうと智則は椅子から立ち上がった。

シマコが手をつないだ。手に持った缶が揺れてジュースがこぼれた。シマコはハンカチを取り出して、智則の手を拭《ぬぐ》った。

たけのこ園へもどった。三人の職員が出迎えたが、五十代の体格のいい女性は、

「智則ちゃん、ごめんね」

といって涙ぐんだ。

突然雷鳴がして大粒の冷たい雨が道路を叩いた。灰色の雲の下を黒い雲が東のほうへ奔《はし》っている。

午後五時十分、諏訪署から松本署の刑事課へ緊急連絡の電話が入った。

諏訪市湯《ゆ》の脇《わき》の住民から、「異臭がする」という電話が立てつづけに二件入った。諏訪署員十名が鼻の穴を開いて異臭の源をさがした。一時間あまり経って、古い二階建ての一軒屋が異臭の源らしいということになった。その家には三年ほど前までは付近の旅館に勤めていた七十代の夫婦が住んでいた。夫は心臓を患っていて市内の病院で死亡した。その後、妻が独り暮らしをしていたが、いつの間にか姿が見えなくなった。それで近所の人たちは、歳をとったので身寄りを頼って引っ越したのだろうとみ

ていた。

その家は湖岸通りの「絹市《きぬいち》」というホテルの所有だが、住む人がなくて空き家になっていた。ところが最近になってその家を使う人がいるらしく、夜間、電灯が点く日があった。

諏訪署員は絹市に断わって、古い二階屋へ勝手口から踏み込んだ。異臭を嗅《か》いで鼻を手でふさいだ。台所をまたいで板戸を開けた。その拍子に二名の署員はのけ反《ぞ》った。二名につづいた三名は、わっと声を上げて腰を抜かした。茶色の髪をした女が間仕切りに掛けた紐《ひも》にぶら下がっていたからだ。異臭の源がそれだった。首を括《くく》って死に、何日も経っていたからだ。

気を取り直した署員は、鑑識係とともに長押《なげし》にぶら下がっている女性を観察した。薄いグレーの地に紺の横縞《よこじま》の半袖シャツ。ベージュのパンツ。小豆《あずき》大の黒と紫のイヤリング。遺体の下にイエローのバッグ。そのバッグのなかに運転免許証と医療被保険者証が入っていた。

氏名・古屋未砂子・三十二歳。住所・松本市女鳥羽二丁目。

財布には六万二千七百円が入っていた。

首を吊っていたのは幅五センチほどの布の帯で、片面が紺、片面が赤。旅館の浴衣《ゆかた》に使われている物だった。

遺体は検視後、松本市の信州大学法医学教室解剖室へ送られた、という報告を受けた。

夜間だったが道原たちは、遺体発見現場のもようなどを知るために諏訪署へ急いだ。諏訪署の目の前は湖だ。茶色とグレーの四階建てのビル。署の前と横には報道関係者の車がぎっしり並んでいた。署の隣はエミール・ガレのガラス工芸品を展示している北澤美術館だ。道原は何年か前にこの美術館を見学したが、花瓶や脚付杯の美しさにうっとりした。

諏訪署では記者会見を終えたばかりの森山《もりやま》刑事課長に会った。

「ご苦労さま、ご苦労さま」

課長は同じことを二度いうと、道原と吉村に椅子をすすめた。

「まずホトケさんのようすを話します。……長押にぶら下がっていた女性を下ろした。その人の身長は百六十一センチ、体重五十一キロ。茶色に染めた髪は肩にかかる長さ。……検視官が首を括っていた帯をはずしてよく見ると、帯よりも細い紐、あるいはロープで絞めたと思われる索状物の跡が認められた。つまりホトケさんはロープ状の物で首を絞められて、絶命。そのあとで加害者はホトケさんの首に帯を巻きつけて、長押に吊り、炬燵《こたつ》のやぐらを足の下に置いた。ホトケさんがやぐらを蹴《け》って首を吊ったように見せかけた。つまり自殺に見せかけた殺人だったんだ。凶器のロープは現場から見つからなかった」

当然だが現場から指掌紋、体毛などの試料を採取し、足跡、足の大きさなどを測った。

道原と吉村は課長の話にうなずきながらノートにメモを取った。

「検視で、すぐに分かるような細工。素人《しろうと》の犯行でしょうね」

道原がいった。

「私も同じ見方をしています」

「現場の家は、絹市の所有ということですが」

「茅野《ちの》市の大谷《おおたに》という人に貸していたということです。大谷という人が、しょっちゅうきていたのか、またはどういう目的で借りていたのかは、まだ分かっていません」

住所が松本市の古屋未砂子が七月八日に、五歳の一人息子を自宅に残して外出。それきり行方が分からなかった。息子は奇妙な行動をしていた。それがきっかけになって警察が保護し、児童養護施設へあずけた。

未砂子は約二年前に、古屋竹男と離婚し、息子の智則と二人暮らしをしていた。未砂子の行方が分からなかったことから、自宅を捜索した。すると二階のベッドの下に置かれていたトランクから多額の現金が見つかった。

「多額とは、いくらぐらい……」

　森山課長が目を丸くした。

「一億五千万円」

「ええっ、一億……」

　課長の目玉はこぼれ落ちそうになった。

　古屋未砂子はどうしてそのような大金を所持していたのかと課長はきいた。

「離婚したさいの慰謝料です。古屋家は竹男が離婚する直前に、ここの先のホテル鍵乃家を手放して、そのうちの一億円を竹男が、彼の両親が五千万円を手渡したということです」

「未砂子は二年間、その現金を寝かせていた、有価証券にかえるとかになぜしなかったんでしょう」

「いずれはそうするつもりだったかもしれませんが、急に大金を表に出せば、どこから手に入れたのかを追及されます。それを嫌ったのではないかと思います」

「私は、一億円なんていう現金を見たことがない」

「うちの課長も、同じことをいいました」

夜間だが、事件現場の家のなかを見ることができるかをきいた。

「検《み》てください。ここから歩いて三、四分のところです」

課長はそういってから井村《いむら》という刑事を呼んだ。井村は四十歳ぐらいで巡査部長だった。

「案内します」

といった井村は、赤い色の大型のライトを手にしていた。

事件現場の家は片倉《かたくら》館の裏手だという。道路は暗いが洋風の片倉館のあちこちには灯りが点いていた。

片倉館は、国指定の重要文化財だ。大正から昭和初期に製糸業で栄えた片倉財閥が、地域住民の厚生と社交の場として昭和三年に建設した。瀟洒《しょうしゃ》な建物にはステンドグラスや彫刻などがほどこされている。千人風呂と呼ばれている大理石造りの大浴場は、一メートルあまりの深さがあり、底には玉砂利がしかれている。

片倉館の隣は白壁の諏訪市美術館だ。そこには等身大の彫刻作品などが並んでいて、圧倒されたのを道原は憶えている。

事件現場の家の前には制服警官が二人立っていて、道原たちが近づくと敬礼した。

二階建ての古い家だが、しっかりした造りであるのが柱の太さなどで分かった。制服警官に導かれて勝手口から屋内に入った。男が三人立ったからか、板敷きの台所はきしんで鳴った。

台所の隣は六畳間でその奥が八畳の部屋だった。古屋未砂子が吊り下がっていたのはその二部屋を仕切るふすまの長押だった。押入れを開けるとわずかに黴《かび》の匂いがした。上の段には布団と毛布と枕がきちんと重ねられていた。段の下には黒い扇風機と赤い電気ストーブがしまわれていた。

八畳間の隅には引き出しのないテーブルが置かれ、簡素な椅子が二脚据わっていた。

二階へ上がった。階段は悲鳴のようにきしんだ。六畳間が二部屋あり、東側は雨戸が閉まっていた。西側のガラス窓には片倉館の尖《とが》った屋根が映っていた。部屋の隅に文芸雑誌が十冊ほどあって、それは白い紐で束ねられていた。

両方の部屋にも押入れがあり、布団と毛布が重ねてあった。

道原は西側のガラス戸を開けた。せまい庭には栗の木と花梨《かりん》の木が葉を広げていた。栗の木の根元に動くものが見えた。錯覚だろうかと、しばらく闇《やみ》の底を見下ろしていた。また少し動いた。熱心に見下ろしているので吉村が、「なんですか」と背中にきいた。井村が横に並ぶとライトを地面に向けた。動いていたのは白と黒の猫だった。

急にライトを浴びた猫は驚いてか塀の外へ逃げていった。

3

信州大学法医学部で古屋未砂子の遺体の検査結果が発表された。

「頸部《けいぶ》を絞めた索状物（編みロープ）は一本。前頭部の索溝は水平であるが、後頸部で左右をめぐる索溝が同じ高さになっていない」

つまり加害者は、未砂子の背後から首にロープをかけて絞め殺した。死亡した彼女を自殺に見せかけようとして、幅約五センチの布の帯を首に掛けて、間仕切りの長押に吊り、ぶら下げた。自ら首を吊ったように見せかけるために炬燵のやぐらを足元に置いて、彼女が蹴ったように見せかけた、という諏訪署の見解はまちがっていなかった。

「五十キロあまりの彼女を抱きかかえて、長押に吊った。犯人は単独でしょうか」

吉村が道原に向かっていった。

「単独だとしたら、体格のいい力のある人間だろうな」

「男でしょうね」

「男だろう」

「彼女はなぜ、他人の家へ入ったんでしょうか」

「男に会うためじゃないかと思うが……」

道原は首をかしげた。解剖検査では性行為は認められないとなっている。

「未砂子は自宅に、一億五千万円もの現金を置いている。健康だったろうし、智則君がいる。智則君には音楽の道へすすませようとしたのか、幼稚園などへは入れずに、ピアノの教師を招《よ》んで自宅で習わせていた。そういう人が自殺なんかするわけがない。

犯人はそれを考えなかったんでしょうね」

「犯人は、彼女が大金を自宅に置いているのを、知ってたんじゃないか」

「その金を奪う目的で殺したのでしょうか」

「その可能性は考えられる」

「そうだとしたら、殺害した直後に松本の自宅へやってきそうなものですが……」

「そうだな。自宅の正確な住所は、持っていた運転免許証なんかで知ることができた」

「犯人は、彼女を殺した直後に彼女の自宅へやってきたが、玄関は施錠されていて侵入することができなかった」

「金を奪う目的の者が、玄関が開かなかったというだけで撤退はしないだろう。勝手口なりどこかを破ってでも侵入して、家《や》さがしをしたはずだ」

「智則君がいた」

「犯人が侵入したとしたら、智則君も危なかったな」

七月八日の未砂子は、上諏訪へいく用事があった。その用事は何時間もかかることではなかった。なので智則を自宅に残して出掛けた。用とはなんだったのだろうか。

事件は諏訪市内で発生したのだから諏訪署が犯人を挙げるための捜査をしているが、県警本部の指示で道原たちも捜査にあたることになった。

未砂子が殺された家は、諏訪湖畔の絹市というホテルの所有。それを茅野市の人が借りていた。なぜ借りることにしたのかその用途を知る必要があった。

絹市に問い合わせて借り主が分かった。茅野市豊平《とよひら》の大谷陽平《ようへい》という人だった。

道原と吉村は、諏訪市をまたいで茅野市へ向かった。冬の寒冷な気候を利用して寒天をつくっているが、近年は通信機器やカメラ部品などの精密機器工場が多くなった。夏は霧ヶ峰《きりがみね》や蓼科《たてしな》高原などへの観光客や、八ヶ岳《やつがたけ》への登山者やハイカーも多く訪れている。

大谷陽平の家はすぐに分かった。大谷衣料という工場の隣接地で、丸く刈ったツツジの木が門から母屋へ波のようにつづいていた。

掛けた声に応えて出てきたのは十八、九歳に見える女性だった。陽平という人の娘かと思ってきくと、「勤めている者です」と答えた。その人は、

「会長は家におります」

と、陽平のことをいった。

陽平は、開け放された玄関に立っていた。七十代半ば見当で、頭にはほとんど毛がなかった。

「けさ、諏訪の警察から電話があって、絹市から借りていた家で、事件があったことをききました。驚いて、腰を抜かしました」

上がってください、と陽平はいって道原たちを応接間へ通した。

クリーム色の壁には横一メートルほどの［御柱祭《おんばしらさい》］の絵が飾られていた。急斜面を滑る裸の大木に群がるようにまたがっている人たちと、それを見守る法被《はっぴ》姿の男たちが描かれていた。見守る人たちはみな緊張からか顔がゆがんでいる。

諏訪市生まれの道原は、二十代のときに一度だけ坂落としの行事を見たことがある。鉢巻きの男たちがまたがった大木は、砂煙を巻き上げて滑っていった。見物にきた女たちは喉《のど》が裂けるような悲鳴を上げていた。

ソファに腰を下ろすと道原は、大谷衣料はなにを製造しているのかをきいた。

「企業用の制服と作業衣をつくっています」

息子が社長で、社員は五十人だという。

大谷衣料が［かりん荘］と名付けていた湖畔の一軒屋をなんのために借りたのかを道原は尋ねた。

「社員の保養所のつもりです。あの家からは諏訪湖は見えないが、温泉を引いているので、いつでも入れます。借りるときに絹市さんに断わって湯殿を広くしました」

「では、社員ならだれでも利用できるんですね」

「そうです。ビールを持って四、五人でいったというのをきいたことがありますし、私が泊まりにいったことも何度かありました。私は温泉好きで、ことに片倉館の千人風呂が大好きなんです。それと湖畔通りの警察の裏側にあたるところに、島津亭《しまつてい》というそば屋があります。その店で熱燗《あつかん》を一本もらってざるそばを食います。ざるそばを食うために上諏訪へいくようなものです」

大谷は、事件など忘れてしまったように喋《しゃべ》った。

道原も島津亭へは何度もいっている。いつもぶつ切りにしたような固いそばをとろろで食べている。

「すると、あの家を、社員ならいつでも利用できるということですね」

「そういうことです」

「利用するさいは、どなたかに断わるのでしょうね」

「庶務を担当している小町《こまち》という女子社員に断わることにしています」

道原と吉村は、大谷の後について会社の応接室へ移った。そこの壁には下諏訪町に鎮座する諏訪大社下社秋宮の本殿が絵になっていた。なぜ秋宮かを道原が大谷にきくと、

「私は、秋宮のすぐ近くの生まれなんです。子どものころの遊び場が秋宮の境内でした。それを画家の奥長大三郎《おくおさだいさぶろう》さんに話したら、下諏訪町の中山道《なかせんどう》の木下《きのした》館に泊まり込んで、秋宮をスケッチして、この絵に仕上げてくれたんです」

文化功労者に名を連ねていた奥長画伯は、昨年八十八歳でこの世を去った。

大谷に呼ばれて、平たい顔の四十半ばの女性が応接室へやってきた。庶務担当の小町春美《はるみ》だった。

最近、かりん荘を使った者がだれかを知っているか、と大谷が彼女にきいた。

「七月になってからいった人はいないと思います」

春美は自信なさそうな答えかたをした。

「あそこで事件が起きたんだから、あそこを使った者がいたんだ。玄関の鍵を借りにきた者がいただろ」

「鍵は壁のボードに掛けてあります。わたしに断わって持っていく人もいますけど、断わらずに持っていく人も」

「管理がいい加減だな」

「申し訳ありません。あそこであんなことが起きるなんて、わたしは夢にも」

「あんただけじゃない。……犯人が社員だったとしたら、私は世間に顔向けできなくなる」

春美は手を前で組んで頭を下げた。

道原は、玄関の鍵で思い付いたが、所有者の絹市は大谷にあの家を貸すさい、鍵を渡したのだろうか。大谷はそれを受け取ったのか。

「たしかに絹市さんから玄関の鍵をあずかりました。ですが、風が吹くと音がしたり古くなっていたので、湯殿を直したとき、玄関のドアは取り替えました。鍵も新しいのにしたので、古い鍵は絹市さんへ返しました」

すると庶務係の席の脇のボードに吊り下がっているのは新しいドアの鍵だ。

春美の説明だと、かりん荘の鍵は二つある。玄関と勝手口。かりん荘を利用したのは大谷家の人と大谷衣料の社員だけとはかぎらない。社員は友だちを誘って宿泊したかもしれないのだ。そして鍵はコピーされる。極端ないいかたをすれば、いくつもの鍵が世間に出まわっている。

応接室へ社長の大谷省吉《しょうきち》が入ってきて名刺を出した。面長《おもなが》で長身だ。そろそろ五十歳といった歳格好だ。麻のスーツを着ていた。これから東京へいく。それを陽平に断わりにきたようだ。

「私どもと関係のある場所で、大変なことが起きてしまいました。不名誉なことです」

彼は陽平と低声で話し合ってから、道原たちに頭を下げて応接室を出ていった。

「事件の犯人が、社員とはかぎりませんが、こちらと関係のある場所で起きたことですので、七月八日にかりん荘を利用した人がいるかを調べてください」

道原は陽平にそういって大谷衣料を後にした。駐車場へもどると、グレーの乗用車が出ていった。大谷衣料の社員のようだったので、後を追い、会社から三百メートルほどはなれたところでクラクションを鳴らして停止させた。

運転していたのは三十半ばのメガネを掛けた色白の男だった。警察官に停止させられたからか男の顔は緊張していた。

「諏訪湖畔のかりん荘で起きた事件を知っていますか」

道原がきくと、テレビニュースを観たし新聞も読んだと答えた。氏名をきくと名刺を出した。デザイン担当で川端信吾《かわばたしんご》。

かりん荘を利用したことがあるかときいた。

「去年の八月十五日に、泊まりました。諏訪湖の花火大会を社員六人で見て、そのあと三人がかりん荘に泊まることにして、酒を持ち込んで、真夜中まで飲んでいました。十六日から三日間休みでしたので、羽目を外したというわけです。それ以来いっていません」

毎年、八月十五日に［諏訪湖祭湖上花火大会］がある。湖の諏訪市寄りにある人工島から四万発もの花火を打ち上げるのだ。湖は山に囲まれているので、こだまが響きわたって迫力を増すのである。遠方からこの花火を見にくる人も多く、湖畔のホテルの窓辺は毎年、大にぎわいになる。

「会長と小町さんに、七月八日にかりん荘を利用した人がいたかを調べるように頼んできましたが、もしもだれかから、その日にいったという情報でも入ったら、連絡してくれませんか」

道原と吉村は、川端の電話番号をきき、自分たちの番号を教えた。彼はうなずき、下諏訪町の車山光機へいくのだといった。車山光機は、智則の叔母の宮坂沙矢香が勤めている会社だ。

4

茅野から松本へもどると、たけのこ園へ立ち寄ることにした。母の妹である宮坂沙矢香に会いたくなったといって、園を無断で出たことがある智則を観察するためだ。

智則は、母親が帰宅しなくなると、どこかで見掛けたことのある塩谷純子の後を尾けた子だ。後日分かったことだが、塩谷純子は彼にピアノを教えにきていた女性に似ていた。母が帰ってこないのでピアノを教えに通ってきていた女性の家にでもいけば、母の消息が分かるのではとでも思ったのではないか。そういうことに気付く智則は利発なのだ。

たけのこ園に着いた。智則は部屋から出て、廊下の隅で足を投げ出して絵本を見ていた。幾日経っても、他の園児になじまないようだ。

道原が彼に近寄って名を呼んだ。智則は絵本から顔を上げ、少し笑みを見せた。彼は母の死を知らない。どうやって知らせようかを道原は迷っている。

信州大学で検視された古屋未砂子の遺体は遺族に引き渡される。引き受ける遺族は妹の沙矢香だけだ。彼女には哲哉という兄がいる。東京に住んでいるようだが住所も電話番号も分からない。

哲哉は、沙矢香に自作の絵を送っているし、短い手紙も添えていた。けさの新聞には未砂子の災難が報じられている。その記事が目にとまれば、あるいは松本へ駆けつけてくるのではなかろうか。

未砂子を荼毘《だび》に付すことになった。

たけのこ園の職員が、智則に白い半袖シャツを着せ、黒い半ズボンを穿《は》かせた。彼は一人の女性職員とともに、沙矢香が運転してきた車に乗った。

道原は三船課長に、非番の署員を何人か連れて斎場へいきたいといった。

「それがいい。少しでもにぎやかに送ってあげよう。私もいく」

生活安全課と交通課の十二名と刑事課の六名が火葬に参列することになった。車山光機からは沙矢香のほかに五名が参列するという。

道原たちの車と沙矢香が運転する車は、斎場へ同時に着いた。車を降りた白いシャツに黒いズボンの智則を見たシマコは、唸《うな》るような声とともに顔を両手でおおった。

「智則君は、なにが起こったのかを知っていそうですか」

道原はたけのこ園の職員にきいた。

「残酷なようでしたけど、お母さんが亡くなったことを話しました。お母さんはもう帰ってこないとわたしがいったときだけ、智則ちゃんは涙ぐんでいました」

「なにかいいましたか」

「いいえ。なにもいわず、じっと前を向いていました。帰ってこないという意味を考えていたんじゃないでしょうか」

白い雲が割れて斎場の空は紺青に復活した。沙矢香は鼻に白いハンカチをあてて上空を仰いだ。シマコが智則の手をにぎった。煙突から紫色の薄い煙が出て微風に震えながら消えていった。署員は一斉に手を合わせた。

やがて未砂子は白い箱に収まった。それを抱いた沙矢香の目は赤かった。彼女は智則を横に立たせ、会葬者を向いて頭を下げた。道原は、ぐるりと辺りを見まわした。どこかに哲哉がいそうな気がしたからだ。

沙矢香の車をたけのこ園の職員が運転した。遺骨を抱いた沙矢香は智則とともに後ろの席に乗った。

「私は、智則君の父親の古屋竹男が会葬するんじゃないかって思っていましたけど、きませんでしたね」

吉村がいった。

「きょうのことを、知ろうともしなかったんじゃないかな」

「きっとそうでしょう。血のつながりのある子どもがいるというのに」

吉村は、腹を立てたようないいかたをした。

次の日の朝、道原は吉村とシマコとともにたけのこ園を訪ねた。智則のようすを見たかったからだ。

智則は小走りにやってくると、シマコの腰に頭を押しつけた。シマコは彼の頭を両手ではさむと、じゃれるように髪を搔《か》きまわした。

「智則君。どこかいきたいところある。見たいものがある」

シマコは彼の頭に両手をのせたまままきいた。

「ブタのおうちへいきたい」

「ブタのおうち。それはどこかしら」

「智則ちゃんは、ゆうべもブタのおうちへいきたいっていいました」

体格のいい職員がいった。

「どこのことなのかしら」

「霧ヶ峰へ登る途中に、諏訪市の角間新田《かくましんでん》というところがあります。そこにはブタを飼っている農家が何軒かあります」

そこへいってみようといったところへ沙矢香がやってきた。きょうは会社を休むことにしたのだという。

「きのう、専務から電話があって、一日二日休んだほうがいいといってくれましたので」

彼女は道原たちに、昨日の火葬に立ち会ってくれた礼をいった。

智則はシマコの横をはなれると沙矢香にからだを押しつけた。

「わたし、智則と一緒に暮らそうかって、考えているんです」

彼女はシマコに話し掛けた。

「智則君はよろこぶでしょうけど、あなたのご都合が……」

「はい。勤めていますので、昼間はどちらかにお願いすることになります」

沙矢香の隣家の主婦の話では、彼女は金曜の夜はどこかに泊まってくるらしく、土曜の午後に帰ってくるようだ。付合っている男性がいて、金曜の夜はその人と過ごしているのではないか。

「ブタのおうちへいこう。諏訪へドライブだ」

道原がいうと智則は笑顔になり、瞳を輝かせた。

吉村がハンドルをにぎっている車にシマコと智則が乗った。道原は沙矢香が運転してきた軽乗用車の助手席に乗った。

国道二十号を走って諏訪湖を眺めた。湖に白いものが点々と浮いていた。それはヨットだった。十艘《そう》や二十艘ではなさそうだ。レースが行われているのでは、と沙矢香がいった。上諏訪駅前を通過して県道四十号に入った。諏訪清陵《せいりょう》高校と二葉《ふたば》高校を越えると坂道の角度が急になった。この道路は［諏訪白樺湖小諸線《しらかばここもろ》］という。道路がくねくねと曲がるようになった立石《たていし》という地点で、道原の生家があるところだといった。

「毎日、諏訪湖を見下ろしながら学校へ通った道です。真冬は湖は凍って、全面真っ白でした」

「まあ、諏訪のご出身だったんですか。ではここは懐かしいのではありませんか」

「新しい家が建って、ようすがすっかり変わりましたし、湖は凍らなくなりました」

角間新田の手前を右折した。平屋建ての農家が点々と建っている。

柿の実がぎっしりなっている家の前には小屋があった。それがブタの小屋であるのを道原は知っていた。五人は車を降りた。髪の薄い頭に鉢巻きをした男が五人を見て目を光らせた。この家の主人だ。

「子どもが、ブタを見たいというので連れてきたんです」

「ブタならいくつもいますので、見てください」

主人は小屋のなかを指差した。

ブタの声がした。悲鳴のような声もきこえた。仔ブタがいることが分かった。

吉村は智則を肩ぐるました。

「いた。小さいブタがいる。あ、いくつも」

智則ははしゃぎ声を出した。仔ブタは四匹いた。

主人は、ブタを見て叫ぶような声を上げている智則を観察するように眺めていたが、戸板を何枚も持ち出してきて、広い庭に囲いをつくった。小屋のなかから一匹の仔ブタをつかまえて囲いに放した。吉村の肩から降りた智則は仔ブタをつかまえようとした。仔ブタは逃げていたが、智則の両手に押さえつけられた。嫌がっているのか恐《こわ》がっているのか、仔ブタは悲鳴を上げた。

主人はもう一匹、仔ブタを小屋からつかみ出した。その仔ブタは智則と会話するように彼のほうへ鼻を突き出した。

主人の妻はお茶を出してくれた。彼女は智則をどういう子どもなのかときいた。道原が、最近、母親を失った子だと話した。彼女は眉間に皺を寄せたが、智則に名前をきいた。

「うちには、変わりもののニワトリが一羽いるんですよ」

妻がいった。

「変わりものといいますと」

道原がきいた。

「タンゴという名の犬がいますが、一羽のニワトリは、タンゴを追いまわしているんです。タンゴを親だと思っているんじゃないでしょうか」

タンゴは母屋の裏にいるといって、妻は大きい声で犬を呼んだ。

白い中型犬がゆっくりとやってきた。眠そうな顔つきだ。その犬の後ろを、まだ大人になっていない一羽のニワトリがついてきて、犬の腹のあたりをつついた。

ニワトリは、卵からかえったとき初めて見たものを親だと認識する。一羽のニワトリはこの世に生まれて最初にタンゴを見たのだろう。

この家ではニワトリを放し飼いにしている。十羽ばかりいるが、タンゴの後について歩きまわっているのはその一羽だけだという。

智則は動物が好きらしく、タンゴの横で、くっ、くっと鳴いているニワトリに腕を伸ばした。ニワトリはさっと逃げたが、またタンゴの横へ寄り添った。

「この先にヒツジを飼っている農家があります。四月ごろに仔が生まれて、すくすく育っています」

主人がいった。仔ヒツジを智則に見せてやったらどうかといっているようだった。

「仔ヒツジか。智則君、見たことある」

シマコがきいた。

智則はなんのことか分からないのか、きょとんとしていた。

「ヒツジの仔か。私も見たい」

吉村がいった。五人は夫婦に礼をいって車にもどった。

橋場《はしば》という家には仔ヒツジが三匹いた。親ヒツジは近づいてきた五人を警戒するようににらんでいる。

「おや、道原さんじゃないですか」

主人の橋場が小屋の横から顔を出した。道原が子どものころから知っている人だ。

四十六歳の道原より三つか四つ上である。

「この子に仔ヒツジを見せたくて」

橋場は笑ってうなずいた。

小屋をのぞくと仔ヒツジは三頭ともそろって智則のほうへやってきた。彼はヒツジの頭へ腕を伸ばした。

橋場も智則を見て、どういう子どもなのかときいた。最近、母親を失ったと道原がいうと、顔に痛いものがあたったというように目を閉じた。仔ヒツジたちは智則に頭を撫でられたくて、背伸びした。

二台の車は立石公園から円形の諏訪湖を見下ろした。岡谷《おかや》市の湊《みなと》という地域だけは山麓《さんろく》で建物も少ない。そのほかの地域には建物がぎっしり建ち、なかには白いビルもまじっている。

霧ヶ峰に着いた。ビーナスラインを一列になって歩いている十数人のハイカーに会った。グライダーを飛行させている日があるが、きょうの滑空路には人影がなかった。丈の高い草を分けて霧ヶ峰湿原植物群落を眺めた。緑の草原である。七島八島《ななしまやしま》の小さな池には蒼《あお》い空と白い雲が映っていた。三脚を据えてシャッターチャンスをうかがっている人がいた。

「あざみの歌」の歌詞が黒い石に彫ってあった。シマコがあざみの歌をうたった。

この付近にはスキー場がいくつもあって、冬場はにぎわう場所である。標高一九二四・七メートルの車山山頂は穏やかな丸みを帯びていた。車山の北側の姫木平《ひめきだいら》には小規模のホテルがいくつもあり、別荘地にもなっている。

白樺湖《しらかばこ》に着いた。青い水をたたえている湖をいくつかのホテルが囲んでいた。何人ものハイカーの姿があった。

いつの間にか智則は眠ってしまった。四人の大人は車を降りて、湖と白いホテルを見下ろした。

寝入っている智則は、仔ブタか仔ヒツジの夢を見ているのか、ときどき口を動かした。

たけのこ園に帰着すると智則は目を開けた。

廊下に立つと、彼は急に泣き出した。寂しさがこみ上げてきたのか辺りに鳴りひびくような声を上げ、狂ったように泣いた。職員が差しのべた手を払い、肩を揺すって泣いた。

沙矢香は智則の前へくずれるようにすわると、彼女も泣きはじめた。二人は、まるで呼び合っているように泣いていた。

シマコは口を手でふさいで逃げるように玄関のほうへ走った。片方のスリッパが脱げたが履き直そうとしなかった。

5

沙矢香の話で、未砂子は音楽教室開設を考えていたらしいことが分かった。

「具体的にはどんな教室を……」

道原は沙矢香の記憶に関心を持った。

「詳しいことは知りませんが、たしか船岡《ふなおか》という方に相談していたようでした」

「船岡という人の住所は……」

「知りません。松本にいらっしゃる方のようでした」

「男性ですか、それとも……」

「女性だったと思います」

道原はこの前、智則にピアノを教えに通ってきていた相沢という姓の女性について、音楽関係の人たちに問い合わせたが、さがしあてることができなかった。

「自宅へ通ってきていた相沢という女性には相談しなかったのでしょうか」

「その人にも話していたと思います」

道原はまた、オーケストラの事務所やバンドのリーダーや小規模の音楽教室を開いている人に、船岡という人の所在を問い合わせた。あるバンドリーダーから回答があって、女性のサキソフォン奏者に船岡朋子《ともこ》という人がいることが分かり、電話番号も教えられた。

電話を掛けた。

「船岡です」

女性にしては太い声が応えた。

古屋未砂子という人をしっていたかときくと、何度かあったことがあった。最近不幸な目に遭ったのを新聞で知ってびっくりした、と答えた。

道原は、吉村とともに船岡朋子を、松本市開智《かいち》のハマノ音楽教室へ訪ねた。

その教室はビルの二階にあった。ドアを開けると管楽器の音が小さくきこえた。

船岡朋子は一瞬にこりとしてから頭を下げた。四十歳見当。身長は百六十センチぐらいだが肩幅が広かった。薄く染めた長い髪を左の肩にまとめて結えていた。

彼女はこの音楽教室の専属講師として、毎週土、日を出勤日にしているが、「アズミノーズ」というジャズバンドのメンバーでもあるといった。

サキソフォンを習う女性は少ないのではないかと道原がいうと、

「最近、多くなりました。この教室でわたしが教えている生徒の約半数は女性です。

習っている人のなかには演奏する格好がいいからとか、サックスは目立つのでという人もいます」

彼女は薄く笑った。

古屋未砂子とは何年も前からの知り合いだったのかと道原はきいた。

「三年ぐらい前だったと思いますが、ある政治家を囲むパーティーの席上で知り合いになったんです。未砂子さんはお子さんが一人いらっしゃるといったので、幼いうちにピアノかバイオリンを習わせておくと、将来役に立つこともあるという話をわたしがしたんです。それから一年ぐらい経って、お城の公園を歩いているとき、ばったりお会いしたんです。そうしたら離婚なさったといっていました。彼女は可愛い顔の坊やを連れていました。離婚はどうしてって思いましたけど、原因をきくことはできませんでした」

それからまた一年ばかり経ったころ、未砂子が電話をよこし、会いたいといった。そこで松本城近くのカフェで落ち合った。未砂子の用事は、子どもにピアノを習わせているが音楽教室を開設したい。講師と生徒集めにはどういう方法があるかを、朋子にきいたのだという。

そのとき朋子は、漠然とした音楽教室でなく、ピアノとかバイオリンなどにしぼった教室のほうがいいとアドバイスしたし、楽器を何台ぐらい設置するのかの構想をきいた。講師になってもらえそうな何人かには自分が声を掛けてみるとも答えた。

朋子はその後も未砂子に会ったが、音楽教室を開設したいという意欲を失ったのか、教室を開設するにしても、もう少し先に延ばしたいといっていたという。

「未砂子さんは、音楽教室を開きたいという話をわたしにだけでなく、何人かに話していたと思います。資金は未砂子さんが出すという話もしていたはずです」

朋子はいったが、未砂子がだれに話を持ち掛けたか、アドバイスを受けていたかは分からないといった。

「話し掛けていたとしたら、それは船岡さんのような音楽関係者でしょうね」

「そうとはかぎらないと思います。生徒集めの要領なんかは、学習塾経営者などに相談しているかもしれません」

「未砂子さんは息子の智則君に自宅でピアノを習わせていました。週に一、二回通ってきていたのは相沢という女性でしたが、船岡さんには心あたりがありますか」

「相沢さん……」

朋子は首をかしげていたが、思いあたる人はいないと答えた。

「その人は、未砂子さんがいなくなってから智則君に会いにきていないんです。近所の人に、未砂子さんの不在の理由を尋ねてもいない」

朋子は顔を曇らせた。ピアノ教師がきていないことと、未砂子の事件との関連を考えているようでもあった。

「未砂子さんのお子さんがあずけられている施設には、ピアノがありますか」

「ありません」

「では、十日以上、ピアノに触れていないのですね」

道原は、そうだと思うと首を動かした。

道原と吉村はたけのこ園へ立ち寄った。きのう大泣きした智則のようすをきくためだった。

広い部屋でボールを投げ合っている子どもがいるが、智則はきょうも壁に背中をつけていた。絵本の上へ置いたチラシの裏にエンピツでなにかを描いていた。道原たちが近寄るとにこっとしたが、すぐにエンピツを動かしはじめた。道原は首を伸ばした。タマゴのような楕円形《だえん》を描き、それの四か所に足らしきものを描いていた。

「ブタだ。きのう見たブタを……」

吉村がいった。

「そうか。智則くん、仔ブタのおうちを描いているんだ」

智則はなにもいわず、ゆがんだ円を描き、短い足を四つと穴が二つ開いた鼻をつけ加えた。どうにかブタに見える。

太った大柄の職員に、きのうは大泣きしたが、その後はどうだったかをきくと、

「ご飯を少し残しましたけど、お風呂から出るとすぐに眠りました。からだの具合は悪くなさそうです」

職員はそういうと、

「智則ちゃんは、絵が上手なのね」

とほめた。智則は顔を上げず絵を描きつづけた。

署へもどる途中、道原は文具店へ立ち寄り、六色のエンピツを買った。職員に断わって智則に与えたくなったのだ。

「たけのこ園へひき返す」

「えっ。あしたでもいいじゃないですか」

吉村は抵抗したが、色エンピツを智則に早く持たせたかった。

たけのこ園に着くと、壁に寄りかかっている智則の膝の上へエンピツを置いた。彼はそれをじっと見ていたが、緑のエンピツを取り上げ、チラシの裏へ一本線を横に引

いた。次に赤のエンピツを持つと縦に線を引いた。

智則は、道原を見上げた。その顔は一挙にいくつか年を重ねたように見えた。

次の日、驚いたことがある。道原と吉村がたけのこ園を訪ねると、体格のいい職員に廊下の奥から手招きされた。いつも子どもたちが遊ぶ広い部屋の隣室に智則は籠《こも》って、絵を描いているという。

道原たちはそっとその部屋をのぞいた。智則はいつものように壁に寄りかかり、厚い表紙の絵本の上に裏返しにしたチラシを置いて、色エンピツで絵を描いていた。道原が名を呼ぶと、ちらりと彼を見たが色エンピツを手放さなかった。

どんな絵を描いているのかと、道原はのぞいた。おかっぱの女の子を描いていたので道原はのけ反《ぞ》るほど驚いた。ピンクのエンピツで描いていた。目も口もゆがんでいて大きいが、からだは小さい。だれかを想像して描いているのだろうかと、
道原は職員にきいた。

「洋子《ようこ》ちゃんだと思います。いつも智則ちゃんの横にすわってご飯を食べる子です」

洋子も五歳。母子家庭で、母親には休日がないようだ。

職員は広い部屋にいた洋子を呼んだ。からだのわりに顔の大きい子だ。眉が濃くて

目が大きい。智則の絵は似ていないが、特徴をとらえているように見えた。

「智則君は天才ですよ。ピアノを習うより絵を勉強したほうがいい」

吉村だ。

「血筋じゃないか」

道原がいった。

「血筋……」

「古屋未砂子と宮坂沙矢香の兄の哲哉は、絵を描いている。三点しか見ていないが、おれはうまいと思った」

「そうでした。川に架かる鉄橋の絵は陰鬱ですが、迫力がありましたね。血筋か」

吉村はしゃがんで智則の顔を見直した。

「絵画教室というのもあるな」

道原は顎《あご》を撫《な》でた。

「あります。私の知っている人が、高校で美術を教えていますが、日曜には自宅で何人かに絵を教えています」

「美大出の人なんだね」

「東京芸大を出て、一時、自動車会社に就職していましたが、健康を害して、出身地の安曇野《あづみの》市にもどってきた人です。現在四十半ばだと思います」

その人に智則を会わせてみようかと道原は考えた。それには叔母の沙矢香に断わる必要があった。

第三章　虚偽の色彩

1

道原が出勤したところへ、沙矢香が電話をよこし、

「お話ししたほうがいいと思ったことがありますので」

署を訪ねるといった。殺害された未砂子に関することにちがいなかった。

沙矢香は午前十時きっかりに松本署の玄関へ入ってきた。水色の地にオレンジ色の水玉をあしらったシャツに白いパンツ。スニーカーはグレーで、ベージュのバッグを肩に掛けていた。

シマコが沙矢香を相談室へ案内した。道原と吉村が彼女の正面の椅子にすわった。

沙矢香はクリーム色のハンカチを鼻にあててからゆっくりとした口調で話しはじめ

た。

「姉が離婚して七、八か月経ったころのことです」

彼女はそういってから思い付いたようにバッグから小型のノートを取り出した。

「とても大事なことと思いましたので、姉から話をきいたときメモをしたんです」

彼女は開いたノートに目を落とした。

「水森《みずもり》という男の人から姉に電話が掛かってきました」

「会ったことがある人ですか」

道原がきいた。

「知らない人でした。紳士的な話しかたをする人だったので、姉は会うことにしたんですが、水森という人はこういうことをいいました。……現在は松本に住んでいるが、静岡市の清水《しみず》に住んでいたとき、ある女性と知り合って、親しくなった。一年後にその女性は女の子を産んだ。水森には妻子がいるので、その女性と一緒になることはできなかった。数か月後、その女の子は重い病気にかかって手術を必要としていた。その手術を受けるにはアメリカの病院へいくのが最適なのだが、アメリカから有効な医薬品を取り寄せて日本で手術を受ける方法もある。いずれにしても多額の費用がかかるので、その子の医療費を貸してもらいたい、といったんです。姉は、いままで会ったこともない人にお金を貸すことはできないし、そんなことをする余裕もない。なぜ、見ず知らずの人が金を貸してくれなんていうのかっていったんです」

「そうしたら、その男性は……」

「古屋さんは、お金を持っていると思ったので、といったそうです」

「思ったのではなく、未砂子さんがお金を持っているのを知って、無心にきたのでしょ」

「きっとそうでしょう」

「水森という人は、だれかに、未砂子さんが多額の現金を持っているのをきいたんじゃないかな」

「そうでしょうね」

「沙矢香さん、あなたはお姉さんが、自宅に多額の現金を置いていたことを、知っていましたか」

「金額は知りませんが、姉からはきいていました。姉はなにか事業をやりたかったんです。そのための資金だといっていました」

沙矢香はノートのページをめくった。

「水森という人がきてから二か月ほど後です。柴崎《しばざき》という、五十歳ぐらいの男性が姉に会いにきました」

「未砂子さんの知り合いですか」

道原はペンを構えた。

「姉は、初対面だったといっていました。……柴崎という人は、岡谷市内で食堂をやっていたが、食中毒を出してしまった。それで店を閉じた。べつの場所で食堂を再開したいが資金がない。そこで姉を思い付いた。少しまとまった金を貸してもらえないか。再開した食堂を共同経営というかたちにしてもいいといったそうです」

「未砂子さんが現金を持っているのを、だれにきいてきたんでしょうね」

「姉がそれをいったら、柴崎という人は、姉が多額の現金を持っているのを知っていたといったそうです」

「未砂子さんは、勿論《もちろん》断わったんでしょうね」

「追い返したといっていました」

道原は、柴崎という男のことをメモした。

沙矢香はペンを動かしている道原を見てから、ノートのページをめくった。

「柴崎という人がきてからまた二か月ぐらい経って、諏訪市に住んでいる明田川《あけたがわ》という四十代半ばの男性が姉を訪ねてきました」

「三人目か」

道原はつぶやいた。

「姉は、明田川という人にも会った憶えはないといっていました。……その人は、自宅が火事になって、すべての物を失ったと切り出したそうです」

「自宅が火事……」

「自宅の応接間には、知人からあずかった立山観大《たてやまかんだい》の名画が飾ってあったが、それも持ち出せず、焼いてしまった。その絵は少なく見積もっても一千万円の値打ちがある。知人には絵を返すことができなくなったので一千万円貸して欲しい。借りた金は五、六年のあいだに返済する、といったそうです」

「未砂子さんは、その男も追い返したんですね」

「姉は、なぜ自分に借金を申し込むのかをきいたら、その男性、姉が大金を持っているのを前から知っていたと答えたそうです」

「その後は……」

「三人以外には、同じようなことをいってきた人はいなかったようです」

沙矢香の話は重要だった。水森、柴崎、明田川の三人は、未砂子が多額の現金を持っていることを知っていて、それで接近してきたのだ。危険な男たちだった。三人の動向をつかむ必要を感じたので、松本、岡谷、諏訪の各市に実在の有無を確認するための照会をした。

その回答はつぎつぎにあった。松本市の水森雄一郎《ゆういちろう》はたしかに清水で暮らしていた。現在四十七歳。妻と男の子が二人いて四人暮らし。

岡谷市の柴崎貞夫《さだお》は五十一歳。妻と女の子三人との五人暮らし。

諏訪市の明田川弘久《ひろひさ》は四十七歳。妻と母との三人暮らし。

道原と吉村は、三人の職業や日常を調べることにした。

まず清水にいたという水森雄一郎についての身辺調査を、清水の警察に依頼した。それについての回答は五時間後にあった。

水森は、新富町《しんとみちょう》に住んでいて、市内の魚釣針製造会社に勤めていたが、市内の遊園地に勤めていた茂木《もぎ》まり子という女性と懇意になって、彼女は彼の子を産んだ。女の子だが、生後半年で重い病気にかかり、外国での手術も検討されていたが、雄一郎と家族が松本市へ転居した一年後、死亡した。その直後、茂木まり子は自宅で自殺をはかったが、訪れた人に発見され、病院へ緊急搬送された。彼女は回復すると借りていた家を出ていったが、その行き先は不明。

「水森という男は、未砂子につくり話をしたのだと思っていましたが、事実だったんですね」

吉村は、清水署からファックスで送られてきた報告書を手にしていった。

岡谷署からは柴崎貞夫についての回答があった。

彼は岡谷市本町《ほんちょう》で「ろまん亭」という食堂を営んでいた。東京のホテルで調理を習った人で、ろまん亭の料理はうまいという評判だった。

ある日、客の注文に応じて野菜炒めを出した。その日の昼食に野菜炒めを食べた十二、三人が、腹痛、嘔吐《おうと》、下痢を起こした。ろまん亭の近くの会社の社員六人が同じ症状を起こしたことから、食中毒だとして保健所に連絡した。保健所の職員がろまん亭へ駆けつけると、そこには、昼食を摂った後、腹痛を起こしたという男が二人いて、食堂の主人の柴崎に抗議していた。女性社員の三人がトイレで苦しがっている、という電話も入った。

ろまん亭は、保健所から十日間営業停止の処分を受けた。食中毒に遭った人には見舞金を贈った。柴崎は妻と話し合って同じ場所での営業再開をやめ、べつの市か町に移って食堂を開くことを考えたが、手にしている預金ではそれがむずかしいとして、焼肉店へ就職した。妻は洋菓子店へ勤めている。

明田川弘久については諏訪署が報告書を送信してきた。

彼は諏訪市城南《じょうなん》に住んでいたが、新築して二年の二階屋を火事で焼失した。七十代の母親がいて、その人が炊事をしたがガステーブルの火を消し忘れ、食事中に台所が燃え出した。洗面所で水を汲《く》んで掛けたが、消えるどころかたちまちのうちに台所も食堂も火の海になり、なにひとつ持ち出せず、消防車が到着したときには二階が崩れ落ちていた。

弘久は、知人や近所の人に、『友人から借りたもの』といって、立山観大の風景画を見せていた。自宅の火災でその絵も焼失した。彼はその絵の持ち主に、『絵をもどすことはできないので、お金で返す』といった。だがその約束は実行されていない。弘久は、妻と母と二葉高校近くの貸し家に住んで、諏訪市役所近くの湖東病院の事務局に勤務している。

三人とも事実を未砂子に訴え、まとまった金額を貸して欲しいと頼んでいた。三人は彼女とは知り合いでなかったし、会ったこともなかったし氏名も知らなかったらしい。そういう者が彼女が多額の現金を所持しているのを知っていた。金を貸して欲しいといえば彼女が貸してくれると踏んだので、会いにいったにちがいない。知り合いでもない人の蓄財を知っていたということは、だれかから情報を得ていたのだ。そして未砂子は、なにがしかの金額を貸してくれると見込んでいた。つまり人柄についての情報も与えられていたにちがいない。

ところが彼女はしっかりしていた。相手から困りごとをきいたが、車代も出さず、『帰ってください』とか、『お話はうかがわなかったことにします』とでもいったのではないか。

「未砂子さんが大金を持っているのを知っているのは、夫だった竹男さんと、諏訪市の古屋家の人たちでしょうね」

道原は沙矢香にいった。彼女は、「そうですね」というふうに首を動かした。

古屋家のなかでも未砂子に関するデータに通じているのは、彼女の夫だった竹男だろう。

竹男が、水森雄一郎、柴崎貞夫、そして明田川弘久と知り合いだったかを知る必要があった。

三人のうちだれかは、金を貸してくれなかった未砂子に恨みを抱いていたかもしれない。未砂子は、金を貸して欲しいといってきた男たちに痛罵《つうば》をあびせたことも考えられる。いい争いになった末、口を開けた傷口に焼け火箸《ひばし》をあてられたような思いをした人がいたのではないか。

「三人にあたってみよう。三人は、だれかから古屋未砂子を紹介されたというかもしれない」

道原はノートを閉じると、椅子を立った。

2

まず茅野市の諏訪精密機械の古屋竹男に会うことにした。

事務室に入って古屋竹男に会いたいと女性社員に告げると、古屋は親会社の社長の息子であるのを知っていてか、

「すぐに連絡を取ります」

と答え、背中を向けて電話を掛けた。

竹男は、なにかうれしいことでもあってか、五分ほどするとにこにこしてあらわれ、

「こちらへどうぞ」

と、応接室を指差した。

「早速うかがいますが、水森雄一郎という人を知っていましたね」

道原は竹男の表情を凝視してきいた。

「水森……。そういう名字の人は知りません。なにをしている人ですか」

「会社員です。静岡市の清水に住んでいました」

「知りません。その人は、私を知っているとでもいったんですか」

「あなたを知っているものと思ったので、確認にうかがったんです」

「その男は、なにをやったんですか」

「古屋未砂子さんを訪ねて、困ったことがあるので金を貸してもらいたいといったんです」

「借金の申し込み。……その男は、未砂子を知っていたんですか」

「いや。面識がなかったそうです」

「会ったこともない者が、金を借りにいった。……彼女はどうしたんですか」

「断わりました」

「当然ですね」

「水森という男は、未砂子さんが大金を所持しているのを知っていたので、借金申し込みにいったんです。彼女が大金を持っていることを、あなたが水森に話したのではと、私たちはにらんだんです」

「私は、そういうことを、他人に話したことはありません。未砂子がすぐに必要としない金を持っているのを、水森という人はだれかからきいたんでしょう。そいつは性《たち》のよくない男なんじゃないんですか」

「では……」

道原はいって、ノートをめくった。

「岡谷市内で、ろまん亭という食堂をやっていた柴崎貞夫を知っていましたか」

「柴崎貞夫。知りません。知り合いには、柴崎という人はいません」

「その人も困りごとを抱えて、食堂をたたみました。別のところへ移って食堂を再開したかったが、それには資金が不足していた」

「その男は、未砂子の知り合いでしたか」

「いや。初対面のようでした」

「彼女に、店を再開するための資金を貸してくれといったんですか」

道原は、そのとおりだと答えた。

「未砂子は……」

「ビタ一文出せないと断わったということです」

「彼女は質素な暮らしをしてきた女です。見ず知らずの人間に、金を貸すわけがない。私と両親は、私が未砂子と離婚したさい、将来困らないようにと、まとまった金を渡しました。彼女はその金を、大事に遣うつもりでいたと思います。そういう女とも知らず、いきなり会いにいって、金を貸してくれなんて。……そういう男に、もしも貸したとしたら、一円ももどってこなかったでしょうね。世のなかには図々しい人間がいるものですね」

道原は、あらためて竹男の顔を見てから、ノートを一ページめくった。

「以前、諏訪市城南に明田川弘久という人が母親と妻と住んでいました」

道原がいうと竹男は上目遣いをした。刑事が次々に人の名をいうので警戒しはじめたようだ。

「明田川弘久という人は現在四十七歳ですが、心あたりがありますか」

竹男は黙って首を横に振った。

「明田川は不注意から新築して二年しか経っていなかった家を焼失してしまった。その家には他人から借りた大家《たいか》の絵が飾られていた。失火によって、その絵も燃えてしまった。絵を持ち主に返すことができないので、金で弁償することにした」

「その男は、絵の弁償の金を、未砂子に借りにいったんじゃないでしょうね」

竹男は怒ったような顔になった。

「事情を話して貸して欲しいといったんです」

「未砂子はその男と知り合いでしたか」

「会ったこともなかったようです」

「厚かましい。勿論、断わったでしょうね」

「追い返して、塩を撒《ま》いたようです」

「私が過ちさえ起こさなかったら、未砂子はそんな目に遭わなかった」

竹男は下唇を噛《か》んだ。ほんとうに反省しているのかどうかは分からなかった。

「あなたは、三人とも知らなかった。三人は、未砂子さんが大金を所持しているのを知っていたから、借金を申し込んだんです。彼女が大金を持っているのを、どこで知ったと思いますか」

竹男は顎《あご》を撫《な》で、分からないというように首をかしげた。

「未砂子さんの生活環境を知っている人が、三人以外にもいる可能性があります。彼女に関する情報は、だれから洩《も》れていたと思いますか」

「分かりません。少なくとも私からではありません」

竹男は、不愉快を露《あら》わにしたような表情をした。見ず知らずの男たちが、列をなして未砂子を訪ねていた風景でも想像したのではないか。

道原は二分間ほど黙っていたが、

「あなたは、未砂子さんの火葬においでになりませんでしたね」

と、顔を見ていった。

「火葬については沙矢香さんから、私の実家には連絡があったときききました」

都合をつけて駆けつけられる人がいなかったということだろうか。それとも古屋家の人は、未砂子を縁の切れた他人とみていたのだろうか。

次の日、道原と吉村は、未砂子から金を借りようとした三人の男に会うことにした。

まず水森雄一郎を、松本空港に近い工業団地のカメラの部品製造会社へ訪ねた。製造ライン要員だとしたら、休み時間以外には会えないと思っていたが、作業服を着た彼は、タオルで手を拭《ふ》きながら工場を出てきた。

「作業中に呼び出して、申し訳ありません」

道原がいうと、故障した機械の修理がすんだところだといった。

「水森さんは、機械を修理する技術をお持ちなんですね」

道原がいうと、

「私は以前、清水で漁業用機械の修理をしていました。小さい釣り針をつくる機械の修理を任されたこともありました」

彼は何年も前のことを思い出してか、目を細めて低い声で話した。細い顎に無精《ぶしょう》髭《ひげ》が伸びていた。どこか気弱そうに見えるが、古屋未砂子に、病の幼女を助けたいといって、金を借りにいった男だ。

「私は、刑事さんとお会いするのは初めてですが、どういうお話でしょうか」

水森は、タオルを揉《も》むように動かした。

「古屋未砂子さんを知っていましたね」

道原がいうと水森はすぐに目を伏せ、一度だけ会ったことがあると答えた。

「どういう用事で会ったんですか」

「お金がどうしても必要になったんです。それで借金のお願いにいきました」

「古屋さんのことを、だれにきいたんですか」

「ある方に……」

「ある方なんていわず、だれなのかを答えてくれませんか」

「ある方としか申し上げられません」

「ある方は、男性ですか、女性ですか」

水森は自分の爪先を見るように顔を伏せていたが、「女性です」と、かすれ声で答えた。

「古屋さんに、いくら借りようとしたんですか」

「一千万円です」

「それまで知り合ってもいない人に、そんな大金を貸してくれると思ったんですか」

「私が必要なのは、人の命を救うためのお金でした」

「そのことを古屋さんに話しましたか」

「事情を詳しく話しました」

「それをきいた古屋さんは、なんていいましたか」

「どんな事情があろうと、わたしには関係がないので、一円も出すことはできません、といわれました」

「それをきいて、あなたは古屋さんを恨みましたか」

「貸してもらえると思っていたので、恨みました」

「一千万円は大金です。借りることができたとしても、それをどうやって返済するつもりだったんですか」

「少しずつ……。そのときは、そんなことを考えていなかった。早くお金をつくる必要があったんです」

水森は顔を上げると道原をにらむ目をした。

「あなたは救いたい人を救うことができなかった。それで古屋さんを恨みつづけていたんですね」

「ええ」

「恨んでいただけでなく、恨みを晴らすことを考えましたか」

「恨みを晴らす方法なんて……」

「ほかの人に、借金の申し込みをしましたか」

「いいえ。まとまったお金を貸してくれそうな知り合いはおりませんので」

水森は横を向くと二、三歩移動して壁ぎわの水道に手を延ばして、カップで水を飲んだ。

「あなたは秘密を抱えている人だ」

道原は水森の横顔にいった。

「どういう意味ですか」

「あなたに古屋未砂子さんを紹介したのがだれだったのかを答えない。それを答えると、だれかから制裁を加えられる。そうですね」

水森は身震いして、ふたたび顔を伏せた。

仕事中に呼び出して悪かったと道原はいって、その場を去りかけた。水森は俯《うつむ》いたまま工場のなかへ消えた。

吉村は、水森が水を飲んだカップをそっとつかんだ。

「水森は、大金を抱えていた未砂子を紹介した人物がだれかを答えなかった」

車の助手席で道原はつぶやいた。

「紹介したのは女性だといいました」

吉村は、のろのろと車を転がした。

3

岡谷市中心部のわりに大きい焼肉店へ柴崎貞夫に会いにいった。

柴崎は白い帽子に丈の短い白衣を着て、店の裏へ二人の刑事を誘った。店の経営者や同僚に刑事が訪ねてきたことを知られたくないようだ。

五十一歳の柴崎は帽子を脱いだ。頭の生えぎわは後退している。大きい目はぎょろりとしていて、おどおどしているように瞳を動かした。

「以前は、お店をやっていたそうですね」

道原は穏やかな声で話し掛けた。

「はい。不注意で、事故を起こしてしまいました」

彼は喉《のど》を痛めているような声で答えた。

道原は少し間をおいてから、古屋未砂子を知っていたらしいが、ときいた。

「一度だけ、会ったことがあります」

「会いにいった用件は……」

「いったん閉めた店を、べつの場所で再開するために、お金が要るものですから」

「その資金を借りにいったんですね」

「そうです」

「一度だけ会ったといったが、それまでは知らない人だったんですね」

「はい」

「だれかに、古屋未砂子さんからお金を借りなさいとでもいわれたんですか」

「そうです。ある方に店を再開したいが資金が足りないと話したら、古屋さんを紹介してくれたんです」

「ある方とは、だれのことですか」

「ちょっとした知り合いです」

「名前を教えてくれませんか」

「それは、ちょっと……」

「いえない。……男性ですか、女性ですか」

「女性です」

「あなたとは懇意の人……」

「それほどでも」

柴崎の声は小さくなった。

「あなたの知り合いの女性は、古屋未砂子さんの住所を教え、事情を話せばお金を貸してくれるとでもいったんですね」

「はい」

「どういう人が紹介したのか知らないが、初対面の人に、お金を借りたいといった。古屋さんは金融業者ではない。子どもを一人抱えている主婦だった。そういうことを知ったうえで彼女に会いにいったんですね」

「ただ、ありあまるほどお金を持っている人なので、頼めば貸してくれると思うといわれたんです」

「柴崎さんは、困っている事情を話したんですね」

「はい。古屋さんは、私の話をきき終えると、だれからわたしのことをきいてきたのか知らないが、わたしは知らない人にお金を渡すほどのお人よしではないといって、目尻を吊り上げました。私は困っているのだといって手を合わせました。すると古屋さんは恐い顔をしただけでなく、板の間を踏み鳴らしました」

柴崎は尻尾《しっぽ》を巻いて退散したのだといった。

道原と吉村は、諏訪市城南に住んでいたが、自宅が火災に遭ったため、現在は二葉高校近くの借家に住んでいる明田川弘久を、彼の勤務先である湖東病院の事務局へ訪ねた。

道原たちが刑事だと知ると長身の明田川は病院の裏口へ誘った。彼とも立ち話である。

道原はいきなり、古屋未砂子を知っていたかときいた。明田川はメガネの奥の目を白黒させ、

「古屋さん。どういう人ですか」

ときいた。

「松本市女鳥羽に住んでいたが、七月八日に諏訪の片倉館近くの貸し家で殺された女性です」

「ああ、新聞に大きく載っていました」

「知り合いでしたか」

「いいえ」

彼は首を強く振った。

「古屋さんには、どういう用事で会ったんですか」

「ちょっとうかがいたいことがあったので、松本のお宅へお邪魔したんです」

「うかがいたいこととは、どんな……」

「金融の用事でした」

「具体的に話してください」

彼は困ったというふうに手を組んだり、揉んだりしていたが、どうしてもまとまった金が必要になったので、借りにいったのだと答えた。

「貸してくれましたか」

「けんもほろろに断わられました」

「いくら借りるつもりだったんですか」

「一千万円です」

「そんな大金を借りたとしても、どうやって返すつもりだったんですか」

「すぐには返せないので、毎年少しずつ」

「古屋さんがお金を持っているのを、あなたは知っていたから会いにいった。一人の女性の経済事情をどこで知ったんですか」

「ある人からの情報です」

「どこのなんていう人の情報だったんです」

「ちょっとその方の名は……」

「いえないんですね。男性ですか、女性ですか」

「答えたくありません」

「古屋未砂子さんは、うんと金を持っているから、頼めば貸してくれるといった人がいたんですね」

「ええ、まあ」

「その人がだれかを答えられないのは、古屋さんが遭った事件に関係していそうだからですか」

「いいえ。事件には関係ないと思います」

明田川はまるで寒さをこらえるように腕で胸を囲んだ。

「古屋さんは離婚して、子どもを一人抱えていた。離婚のさいに夫側から慰謝料として かなりの金額を受け取ったが、その事情を知っていましたか」

「知りません」

「借金を申し込んだが、断わられた。予想していたことだったのでは……」

「いいえ。貸していただけるものと思っていました」

「そのアテがはずれ、にべもなく断わられた。それであなたは、彼女を恨んだでしょうね」

「少しは。でもしかたのないことでした。それと、知り合いでもなく、親しくもない人にお願いするのがまちがいでした。私は世間知らずだったんです」

道原は明田川の表情を読みながら、古屋竹男を知っているかときいた。

「知りません。どういう人でしょうか」

「オリコン電子の社長の息子です」

彼は首を横に振った。ほんとうに知らないように見えた。

竹男以外に未砂子の経済事情を知っているのはだれだろう。古屋家の人たち以外に知っている者がいるのだろうか。

道原と吉村は帰署すると、シマコとともに三船課長の前へ折りたたみ椅子を置いた。

水森雄一郎、柴崎貞夫、明田川弘久に会っての三人の答えを報告した。水森が水を飲んだカップは指紋採取のために鑑識係にまわした。

「その三人は怪しいんじゃないか。三人は何者かから古屋未砂子が大金を持っているのをきいた。もしかしたら、現金を自宅に置いていることもきいた。それをきいた三人は、彼女に断わられても諦《あきら》めきれず、なんらかの方法で現金を手に入れることを考えたと疑うべきじゃないか。……彼女の身辺を調べれば、男の子と二人暮らしということが分かる。あるいは情報を与えた何者かは彼女の日常生活も話していたかも」

課長は首をかしげながらいった。三人の男が未砂子に金を借りにいった事実を見逃さないことだ。三人の素行を詳しく調べろ、といつになく言葉に力を込めた。

「どういう人物と交流があるかをつかむために、許可を取って三人の住まいの近くに監視カメラを設置してはどうでしょうか」

吉村だ。

「それは効果が期待できないと思う。三人がだれと会うかが分かるんじゃないかって考えてるんでしょうけど、だれかと会うとしたら、自宅じゃなくてべつの場所だと思います。それにカメラには無関係の家へ出入りする人も映ってしまうので、苦情が出ますよ」

シマコが吉村の横顔にいった。

「金を借りにいった三人に、古屋未砂子についての情報を流した人物をつかむことだ。……夫だった古屋竹男も怪しいけどな」

課長は、金を借りにいった三人のうち一人ぐらいは、未砂子から借りることを諦めなかったのではないか。何度か彼女を訪ねたり、外で会ったことも考えられる。三人が答えたことを鵜呑《うの》みにするなといった。

道原は小さくうなずいて腕を組んだ。未砂子が自宅に現金を置いているのを知っていたのは、古屋竹男だけではないのではという気がした。

「竹男の身辺を詳しく調べよう」

道原は自分にいいきかせた。

竹男と未砂子の離婚の原因は、彼の素行の問題だったらしい。彼には愛人がいた。

それを未砂子は赦《ゆる》せなかったのだろう。

水森、柴崎、明田川の三人に道原は、古屋竹男を知っていたかときいたところ、三人とも知らないと答えた。知っていたが、嘘をついたのか。

未砂子のことを、大金を所持している女性だから頼めば金を貸してくれるだろうと紹介したのは、女性だったと水森と柴崎は答えた。明田川にも未砂子を紹介したのはだれだったかをきいた。すると彼は、答えられないと口をつぐんでしまった。男性か女性かもいわなかった。

三人に未砂子のことを話した人間は、未砂子から金を借りようとはしなかったのか。その人間は、男が三人、借金申し込みにいったら未砂子はなにをいうか、どんな態度をとるかを試したのではないのか。三人から未砂子がどんな振る舞いを見せたかをきいたような気がする。

道原の頭に、長身の明田川弘久の姿が浮かんだ。彼は自宅が失火で燃え、知人からのあずかり物だった絵画を焼いてしまった。その弁償にまとまった金が要るので、未砂子に借りにいったが、追い返されたということだった。水森と柴崎の事情に比べると、切実感が薄いような気がする。

それと、未砂子を紹介したのはだれかという質問に対しての答えを拒否した。それを答えると、刑事はその人に会いにいくにちがいないとみたからだ。

道原は諏訪精密機械へ電話して古屋竹男につないでもらった。

三分ばかり待って、

「古屋ですが」

と、やや甲高い声が応じた。

「あなたは、諏訪市の明田川弘久さんをご存じですか」

「知りません。なにをしている人ですか」

「病院の事務局に勤めている四十七歳の方です」

「記憶がありません。その人は私を知っているとでも……」

道原は、「結構です」といって電話を切った。

4

道原と吉村とシマコは、たけのこ園へ智則のようすを見にいった。

玄関の隣室の床で智則は思いがけない人と頭を突き合わせるようにして絵を描いていた。思いがけない人は塩谷純子だった。

純子は、道原たちに気付いて床の上に正座した。

智則は、道原たちをちらっと見ただけで床に置いた画用紙に目を据えている。

「とても、五歳の絵とは……」

純子はピンクのシャツの胸を押さえた。

道原は床に膝《ひざ》をついて智則が色エンピツで描いている絵をのぞいた。鯉のような魚で、一部にうろこらしい半円がいくつか描かれていた。

だが目を見張ったのは魚の口である。大きい目玉の魚は口から血を吐いていた。血は勢いよく前方へ飛んでいる。

「智則くん、これなんなの」

シマコが魚の口のあたりを指差した。

「たあん、たん、たん」

智則は訳の分からないことを口走ると魚の口を紫に塗った。魚が何ものかと戦っているようなのだ。

シマコは智則の横にくっつくようにすわり、

「智則君は、絵が上手なのね。前から描いてたの」

ときいた。

智則は紫のエンピツを持ったまま、「うん」と返事をした。

ピアノの練習よりも絵を描くほうが好きだったのでは、ときくと、それにも、「うん」といった。

純子は立ち上がると、エンピツをはなそうとしない智則を見下ろして、

「智則ちゃんとは、縁があって知り合ったので……」

と、つぶやいた。言葉がつづきそうだったので、道原は智則を見ながら黙っていた。

「わたしには、子どもがいないので……」

純子はまた言葉を途切らせた。

道原には、彼女が口に出しそうな言葉が想像できた。と同時に、未砂子の妹の沙矢香がいったことを思い出した。彼女は、智則と住もうかしら、といったのだった。姉の子であるからそれは当然で、だれも反対しないはずである。だが、純子が同じ言葉を吐露したとすると、きいた者は彼女の顔色をうかがうだろう。未砂子が遺《のこ》した大金目当てではと疑っても、それは不自然なことではない。

純子は、軽がるしく口に出すことではないと思ってか、言葉を途切らせたままだった。

ピアノ教師に似ている純子に、智則は親しみを感じているだろうか。

道原は施設にクレヨンがあるかを職員にきいた。

職員はクレヨンを出してきた。それを智則に与えると、彼はすぐに箱の蓋《ふた》を開け、色とりどりのクレヨンに見とれていた。

彼がどんな絵を描くかに道原は関心があった。あしたは新たに描いた絵を見ることができそうな気がした。

帰宅すると妻の康代《やすよ》と娘の比呂子《ひろこ》に、智則が描いた絵のことを話した。

「三十年ぐらい前だったかしら、学校へいかず、毎日、風景画を描いていた人がいましたね」

康代は、遠いところを見るような目をした。

「いたな。坂東《ばんどう》なんとか」

「坂東淡昧《たんまい》。本名はべつの名だったでしょうけど」

「そうだ。坂東淡昧は七歳で個展をやった。展示した二十点ぐらいの絵には値段がついて、すべて売れたということだった」

「その人のこと、きいたことがあるし、安曇野市美術館で見たわよ。たしか十二、三歳ごろの作品という解説がついていた」

比呂子だ。

「どんな絵だった」

道原がきいた。

「後立山連峰《うしろたてやま》を描いた墨絵のような絵で、空が澄んでいて、稜線がところどころに線になっている。中心部はただ白いだけで、下のほうに一軒だけ小さな家がある。よく見ると家の前は小川なの。家の端に白い点のような部分がある。それは女の人がかぶっている手拭《てぬぐ》いだったのを、一緒にいった先生が教えてくれたの。見ているうちに、手拭いをかぶった女の人が動き出しそうな気がした」

坂東淡昧は四十歳のとき、東京・渋谷《しぶや》で交通事故に遭って死亡した。

道原は、比呂子がいった絵を見たくなった。智則を連れて美術館へいくのも一案だと思った。

智則は、塩谷純子をピアノの先生に似ていると判断した。ある人が特定のある人に似ているという感受性と判断力を有していることを道原は認識した。そういう智則は、自宅を訪れたことがある人を憶えているのではないか。

彼は鑑識係の写真好きの寺田《てらだ》に、水森雄一郎、柴崎貞夫、明田川弘久、古屋竹男を隠し撮りしてもらった。四人の顔写真に三船課長と鑑識課長の顔も加えた。

その写真をたけのこ園の智則に見せ、知っている人がいるかときいた。

彼が最初に指を差したのは古屋竹男だった。父親なのだから当然だ。次に指をあてたのは三船課長。智則を保護した日に会っていたので記憶していたのだろう。彼は残る四人の写真を見ていたが、一枚に腕を伸ばした。それは明田川弘久の写真だった。

彼は明田川の写真をじっと見て、あらためて指を差した。自宅へきた人かときくと、うなずいてから首をかしげた。

「おうちでなく、外で会ったことがあったの」

シマコがきいたが、智則は首をかしげただけだった。

明田川は長身の面長だ。好男子でもある。

夜間だったが、二葉高校近くの明田川の自宅へいった。玄関へ出てきた妻は、

「主人は、病院の仕事関係の会合があって松本へいっています」

と、震えるような声で答えた。

「松本へは、よくいらっしゃるんですか」

「たまにです」

「お酒を召し上がるんでしょうね」

「はい、それは」

「飲んだら、車は運転できない」

「電車で帰ってきます」

「松本では、どういう店へいらっしゃるのか、奥さんはご存じですか」

知らない、というふうに妻は首を横に振った。

病院の仕事というのはいい訳であって、松本では裏町通りと呼ばれているあたりのバーかスナックへ飲みにいっているにちがいない。

道原は、「またうかがいます」といった。温和そうな顔の妻は黙って頭を下げた。

道原は一歩玄関を出てから思い付いたことがあるといって、あらためて妻と向かい合った。彼女は胸の前で手を合わせた。

「以前は、諏訪市城南に住んでいらしたが、火災に遭ったそうですね」

「はい。不注意で火事を出してしまいました」

「そのころ、明田川さんはお知り合いの方から、大家の描いた絵を借りて、お宅へ飾っていらしたそうですが」

「大家の描いた絵とは……」

妻は眉間《みけん》に皺《しわ》を寄せた。

「ご主人は、どなたかから絵を借りていませんでしたか」

「そういうことは、していませんでしたが、いったいどういうことでしょうか」

「一千万円以上の価値があるという、立山観大の絵を借りて飾っていたが、火事で、それも燃えてしまった、と明田川さんはいっています」

「そんな、そんな絵なんて、うちにはありませんでした。焼けて悔しかったのは、わたしの両親の写真です。わたしの両親は、わたしが嫁入りする直前、白馬《はくば》のスキー場で雪崩《なだれ》に巻き込まれて……」

彼女は両手で口を押さえた。

道原はあらためて、夜間の訪問を詫《わ》びて明田川家を後にした。

明田川弘久は、古屋未砂子を訪ねて、一千万円貸してくれと頼んだらしい。人から借りていた大家の絵を自宅の火災で焼いてしまったので、金で弁償したいのだといって手を合わせた。だがそれは嘘だった。

彼は借りた金を遊興に遣うつもりだったとも考えられる。まとまった金が必要になったのは、好きになった女性がいて、その女性に金が必要な出来事でも生じたということではないか。

明田川は、未砂子に金を借りにいったが、けんもほろろに断わられたということだった。だが智則は、明田川が自宅を訪ねてきたのを記憶していた。三船課長がいったとおりで、借金申し込みには何度か足を運んでいたか、べつの用事で彼女に会っていたことも考えられる。

明田川は今夜、松本市内の飲み屋へいっている。その店を突きとめておく必要を道原は感じた。

5

日曜。七月下旬なのに朝は涼しい風が吹いた。

道原は食卓で新聞を広げていた。比呂子が飼い犬のニーロとの散歩からもどってきた。彼女はこれからニーロのからだを洗うといってブラシを手にした。

道原は新聞をたたんで椅子を立った。たけのこ園の智則を松本城へ連れていくことを思い付いた。城を見せたら、彼はそれを描くのではないかと思った。

シマコに電話すると、

「わたしもお城へいきます」

といった。道原は自分の車でいき、シマコとはたけのこ園で落ち合った。

智則は、十二色のクレヨンを抱えてあらわれた。食事のときもそれを手放さないと職員がいった。

松本城の公園には散歩している人が何人もいたし、城をスケッチしたりカメラを向けている人もいた。背の高い外国人が十人ぐらいいた。

智則を連れた道原とシマコは、天守には昇らず堀の縁《ふち》をぐるりとめぐった。智則は堀を泳ぐ白鳥に目を奪われていた。白鳥が岸に近寄ってくると、地面に膝をついて見つめていた。白い鳥を見るのは初めてなのか、乗り出すようにして見ていた。

「お母さんと、ここへきたことあるんでしょ」

シマコがきくと、首をかしげた。思い出せないらしい。

シマコがみたらし団子を買ってきた。三人はマツの木の陰へすわった。鳩が近くへ寄ってきた。智則は地面をつつく鳥にも注目した。

道原は、比呂子が感じ入ったという坂東淡昧の絵を見たくなった。シマコに話すと、彼女はその画家の名も知らないし、安曇野市美術館へは入ったことがないといった。

「道原さんは、絵を見るのが好きなんですね」

「好きだよ。いい絵を見ても、それを人にうまく話すことはできないけど」

「見た絵を、うまく説明する人なんて、めったにいないんじゃないかしら。新聞に有名画家の絵と解説が載っていることがあるけど、絵を見て、よくそんなことまで分かるのかって、感心することがあります」

常念岳《じょうねんだけ》が見える安曇野市美術館に着いた。白い壁の二階建てで、両手を広げているような格好の屋根は緑色だ。

松本城の絵が二点あり、諏訪大社の御柱と太い注連縄《しめなわ》の社殿を描いた絵が六点並んでいた。北アルプスを描いた絵も何点かあって、その中央部に比呂子がいっていた坂東淡昧の作品が二点並んでいた。その絵に目を近づけている男が二人いた。道原はその二人が移動するのを後ろで待っていた。

淡昧の絵にはいずれも「安曇野」とタイトルが付けられていた。横一メートル半、縦一メートル。十二、三歳ごろの作品だという後立山連峰の絵に道原は顔を近づけ、そして一歩退いた。連峰は霞《かすみ》のなかに線を点々と置いているだけで、その下は空白。右下に農家風の家が一軒、淡い色の小川の縁にあって、その家の前に人が立っている。頭は白く塗られている。

その白は女の人が手拭いをかぶっているからだと比呂子がいったので、道原は、「そういわれれば」とつぶやいた。

もう一点は川沿いの水車小屋だ。小屋のまわりには草が伸びている。水車のしぶきがかかりそうなところに猿が一匹いて、手にした物をかじっている。淡味三十二歳のときの作品。

解説を読んだ。［本名は坂東長一郎《ちょういちろう》。諏訪市生まれとなっているが、行商をしていた両親が地方まわりをしているあいだに生まれたらしくて、正確な出生地と生年月日は不明。諏訪市岡村《おかむら》に住んでいて小学校へ入学したが、めったに登校しなかった。担任の牛山先生は心配してたびたび自宅を訪ねた。先生が訪ねるたびに長一郎はエンピツで絵を描いていた。野良猫や隣家の鶏を描いていたが、猫の顔はトラに似ていて人に飛びかかりそうだし、鶏は羽を広げて舞い上がりそうだった。

牛山先生は長一郎を稀《まれ》にみる天才と太鼓判をおし、諏訪市内の実業家に相談を持ちかけ、長一郎が粗末な紙に描いた絵を集めて、片倉館で個展を開いた。すると二十数点の絵は評判になり、東京や名古屋から見にきた人もいて、自然に値が付いた。「いくらでもいいから売ってくれ」という人が多く、二十数点の絵は完売となった。絵を買った人たちは粗末な紙に描かれた絵を額装して、座敷や応接間に飾ったようだった。

長一郎は二十歳のころ「淡味」を名乗るようになり、油彩画を描いていた。学校へいかなかったので学歴はゼロ。都会の画商が訪ねて、「眠っている絵があったら見せてくれ」というと、押入れから作品を引っ張り出した。値段は画商がつけた。

淡味は頑健でなく、一週間も十日も寝込んでいることがあった。彼の父親は若いころの無理がたたってか早死にした。淡味は母と暮らしていたが、母は彼が三十歳のとき五十代半ばで病没した。

淡味は結婚しなかった。好きになった女性はいなかったのか、女性とのうわさはまったくきかれなかったし、友だちといえる人もいなかった。彼は岡村の法光院《ほうこういん》という寺の家作に住んで、気が向くと、ろくに食事もせずに絵筆をにぎっていた。

年に何度かは鞄を二つ持って旅に出掛けた。どこそこへいくと人に告げたこともなかった。気に入った場所があるとそこにとどまって絵を描いていた。遺作から推測すると海辺の町と小漁港を好んでいたようだ。なかでも北海道の積丹《しやこたん》半島を取り巻く豊浜《とよはま》、積丹、神威《かむい》、神恵内《かもえない》などの四季の風景を描いている。

柿の実が色づきはじめた九月、彼は四十歳で、東京・渋谷で頓死《とんし》した。赤信号の交差点へ入って、大企業の経営者が乗っていた車にはねられた。複数の目撃者がいた。彼は空を指差して、赤信号の交差点に入っていったらしい。

すぐに身元の分かる物を持っていなかったが、上着の内ポケットに白い貝殻が入っていた。絵具の青で文字が書いてあった。その文字はかすれていたが「坂東強《つよし》、優《ゆう》子《こ》」と読めた。警察は二人の名を全国に照会した。青い字の二人は両親だった。

彼の墓は法光院にある。

解説の横には淡昧の写真が架かっていた。白い皺だらけの半袖シャツに鍔《つば》の広い麦《むぎ》藁《わら》帽子をかぶって笑っている。痩せていて顎がとがっているし腕も細い。

坂東淡昧がこの世を去ったのは十年前だ。法光院には道原の両親も眠っているので、お盆に墓参りした折、思い付いて広い墓地で坂東家之墓をさがした。その墓は石垣の近くにあって黒御影だった。墓石の裏側には両親の名が彫られ、側面には「湧きいずる岩間の水や月冴えし 淡」と、流れるような手書きの文字が浅く彫ってあったのを思い出した。

諏訪署員にきいたことだが、淡昧の死後、住居へ入った。イーゼルが西を向いていて、それにはキャンバスがのっていた。描きかけの絵は、高い位置から見下ろす円形の湖。白い観光船上でロープを操る男。これは諏訪湖にちがいなかった。諏訪署員は坂東長一郎の預金通帳を見つけて開いた。その残高の多さに腰を抜かしたということだった。

諏訪署のすぐ近くの水ぎわには諏訪湖間欠泉センターがあって、そこには、カリンの木に手を延ばしている丸いメガネの少女の絵が飾られている。淡味作である。

たけのこ園にもどると、智則はすぐにクレヨンを持った。道原とシマコは、智則がなにを描くかを観察した。

彼は白紙の前でなにを描くかを考えるのでなくて、黒のクレヨンをつかむと、幾何学的模様を画面一杯に描いた。城の建物ではなく石垣だった。堀に浮かんでいた石垣が目の裡《うち》に焼き付いていたらしい。彼は下のほうから順に石を積み上げていった。

「道原さん……」

シマコが呼んだ。彼女は智則の手の動きを見て驚いているのだ。

「とても、五歳とは……」

職員の話だと、智則は、花やくだものには見向きもしない。ブタやヒツジらしき動くものを描いていたが、石垣にはびっくりしたといった。

職員は、あずかっている子どものなかの一人を特別扱いするのを避けたいといった。

道原たちの行為に釘を刺したのだった。

道原は先刻それを承知していた。彼の最終の目的は古屋未砂子を殺した犯人を挙げることだ。智則にたびたび触れているのは、彼が犯人に結び付くヒントを、口にするか絵に表す日がきそうな気がしているからだ。

何日か前に沙矢香にきいたことだが、智則は以前から訳の分からない絵を描いていた。ある日には人の顔を描いた。楕円形に耳をつけたので人の顔だと見当がついた。だが、目鼻口は付けず、口のあたりの横に黒点を描いた。自宅の一軒おいた隣の主婦には唇の左に大豆ぐらいのほくろがある。その主婦と未砂子はよく立ち話をしていた。智則の絵を見た未砂子には、その主婦の顔だとすぐに分かったので、「いけません」と智則にいって、顔の絵を二つ折りにした。

道原は、頭痛を抱えたまま出勤した。これまで頭痛を苦にしたことなどなかったような気がする。シマコに頭が痛いことを話すと、

「これを服《の》んでみてください」

といって、白い錠剤をくれた。

三船課長は、指でこめかみを揉んでいる道原を見て、

「頭が痛むのは、事件捜査に進展がみられないからだ。水森、柴崎、それから明田川の三人は、どこから未砂子が金を持っているという情報を得たか。それを掘り下げろ」

といって、鼻毛を引き抜くような手つきをした。

道原は窓辺に立った。パトカーが門を出たところでサイレンを鳴らしてスピードを上げて消えていった。

「伝さん」

課長が呼んだ。

道原はこめかみに手をあてて課長の前へ立った。

「古屋竹男は、未砂子と別れるさい、一億円以上もの大金を、どうして現金で渡したのかを考えたことがあったか」

「未砂子が、現金で欲しいっていったんじゃないでしょうか」

吉村がいった。

「金は心の支えだが、現金で持っているのは危険だった。彼女はそれを考えなかったのかな」

課長はそういった拍子にくしゃみをした。

竹男が慰謝料を現金で渡したのは、なにか意図するものがあったのではないか、と課長は考えているらしい。

シマコがくれた鎮痛剤は効いて、道原の頭は軽くなった。

何日か前から彼の目の裡に見え隠れしている男がいた。長身で男前の明田川弘久だ。彼は未砂子を騙《だま》して金を借りようとした。ほかの人たちにも、自宅の火災で、知人からのあずかり物だった大家の絵を焼いてしまったと吹聴《ふいちょう》していた。これは造り話だったのである。

第四章　「桐もと」という店

1

道原と吉村は、明田川弘久の帰宅を尾行することにした。二人は冷たい灰色をした湖東病院の裏口が見える場所に立った。

午後六時十分、事務局の一角が暗くなり、裏口から男女が出てくるようになった。それから約十分後、明田川が肥えた男と一緒に出てきて、二人は話しながら上諏訪駅方面へ歩いていたが、国道の手前で二人は手を挙げて別れた。

国道を渡った明田川は酒造所の前で足をとめた。五、六歩歩いてまた立ちどまった。なにか考えごとをしているのか夕方の空を仰いでいたが、自宅とは反対の駅方向へ歩き出した。もしかしたら電車に乗って松本へでもいくのではと思っていたら、駅前の放送大学の入っているビルの前を通過して、右へ折れた。二本目の路地に入った。その通りには小さな飲み屋が何軒か灯りを外へ洩《も》らしている。歌声などはきこえないひっそりとした通りである。

彼は［桐《きり》もと］という小さな看板を出している店へ入った。戸の開け閉めには慣れが見えた。その店の引き戸には矩形《くけい》の窓があって、そこに灯りが点いている。小料理屋だ。一人か二人ぐらいでやっている店のようだ。明田川のほかに客が入っているのかいないのか、人声も物音もきこえない。

一時間あまりがすぎた。明田川のほかに客は入らなかった。

矩形の窓が暗くなった。道原と吉村は顔を見合わせた。二、三分すると二階の窓に薄い灯りが点いた。だれかが二階にいる。いや、一階で飲んでいた客が二階へ移動したのではないか。そう推測すると二階の窓のぼんやりした灯りが妖《あや》しく見えはじめた。

生暖かい風が頬を撫《な》で、軒下の戸がことことと鳴った。

三十分ばかり経つと、［桐もと］の二階に点いていた灯りが消え、一階の矩形の窓が明るくなった。

それから十五、六分すると、明田川が店を出てきた。彼は酔っているのか路地を蛇行した。電柱に寄りかかって呼吸をととのえるような格好をしてから歩き出し、何度か立ちどまって、二葉高校近くの自宅に着いた。

それから十日ばかりが経った八月六日の朝、電車で出勤途中の道原に、諏訪署の森山刑事課長から電話があった。

「先月末に道原さんたちは、湖東病院勤務の明田川という男を尾行して、湯の脇の桐もとという飲み屋へ入った明田川を張り込みましたね」

森山課長は低い声で前置きした。明田川弘久を尾行したことを道原は森山課長に話しておいたのだ。

「桐もとという店を一人でやっていたのは、桐元祐子《きりもとゆうこ》といって四十二歳。桐元祐子はけさ、発作を起こしたので、娘がかかりつけの医者を電話で呼んだ。医者は救急車に連絡し、赤十字病院に搬送されたが、午前六時すぎに死亡した。心筋梗塞《こうそく》だったということです」

桐元祐子とはどんな女性だったかを、道原は知りたくなった。

彼女がやっていた桐もとという店へ、明田川弘久はたびたびいっていたのではないか。店を出入りする格好から、何度もいっていたにちがいないとみていた。

彼女の死因は心筋梗塞だというから病死である。娘の話からもそれはまちがいないだろう。

道原は吉村に電話を掛けた。列車で上諏訪へいくので、車で諏訪署へくるようにと指示した。

諏訪署へ連絡すると、桐元祐子の遺体は娘に引き取られて自宅へもどっていることが分かった。

道原は、湯の脇の桐もとへ向かった。中年の男女が矩形の窓のある引き戸の前に立っていた。茶色い髪の女性の目は真っ赤だった。祐子の遺体は店の奥の部屋へ安置された、と男が蒼《あお》い顔をしていった。奥の部屋には祐子の娘の菜七子《ななこ》がいる、と教えられた。

店は、カウンターで六、七人がすわれるようになっていた。ガラスのはまった棚には食器類が並んでいて、赤い柄の茶碗が目だっていた。電灯を点けていないので暗くて、そこに澱《よど》んでいる空気は冷たかった。

菜七子は色白で痩せぎすだった。道原が入っていくと、畳に両手をついた。

道原は名乗って、祐子さんからいずれ話をきくつもりだったといった。菜七子は俯《うつむ》いて黙っていた。

祐子は布団に寝ていた。顔には白布がかけられていた。茶碗に砂を入れ、それに線香を立てていた。

道原は祐子に向かって合掌した。

「お母さんは、朝方、発作を起こしたそうですね」

道原は、十七歳で高校生の菜七子にきいた。

「今年になってから二回、胸が苦しいといって店を開けなかった日と、夜中に、お医者さんを呼んだ日がありました。わたしは隣の部屋に寝ていましたけど、夜中に唸《うな》り声をきいたこともありましたので、前から発作を起こしていたようでした」

母は病気を抱えていたのに、家計を援けるために無理をしていたのだと、彼女はときどき口に手をあてて話した。

「母が丈夫でないのを知っていましたので、わたしは中学を出て働くつもりでした。ところが母は、『高校だけは出るように』といったんです。母はわたしのために店をやって……」

彼女は両手で顔をおおうと畳の上へ泣き崩れた。

十分ほどすると顔を上げ、

「母は、お金に困っているところを、人に見せてはいけないといって、ほかの人よりいい物をわたしに着せていました。……母がどういう商売をしていたかを、わたしは中学のときから知っていました」

彼女はそういって、手の平で涙を拭《ぬぐ》った。

「どういう商売……」

道原はそっときいた。

「恥ずかしいけど、話しますね」

菜七子は額に右手をあてて、小さい声で話した。

「二階の部屋には、夏も冬もきれいな布団が敷いてありました。母のことを気に入って飲みにくるお客さんを、母はその部屋へ誘いました。一階で電話が鳴っても出ませんでした。……用がすむと、母はお客さんに、布団のなかから、『少しでいいから、置いていって』といっていました。そのおかげでわたしは高校へ行けたし、友だちとコンサートをききにいったり、カラオケへいったり、夏休みには旅行にもいけたんです」

菜七子は少し大きい声を出し、涙を横に払った。膝《ひざ》を道原に向けた。

「これから、母をどうしたらいいんですか」

と、光った瞳を向けた。相談できる人を思い付かないといっているようだった。

病院で受け取った死亡診断書を市役所へ持っていくようにと、道原は話した。

彼は、はっと気付いて、父親はどうしたのかを彼女にきいた。

「新潟にいます」

「新潟に。……あなたは新潟で生まれたのですか」

「そうです。母も新潟生まれです。父は新潟で酒造所を経営しているそうです。四代か五代つづいているということです。母はその酒造所にお嫁にいったのですが、父は新潟市の古町《ふるまち》というところへ毎晩遊びにいく。母はそれが嫌で愚痴をこぼしていたら、男には付合いというものがある。あんたのように度量のせまい女には次の代を任せられないと姑《しゅうとめ》にいわれて、三歳のわたしと一緒にその家を追い出されたそうです。それで母は、知っている人のいないところで暮らすことを思い立ち、高校生のとき旅行した諏訪を思い出して、ここに住むことにしたそうです」

「では、あなたは、お父さんを憶えていませんね」

「小学生の三年だか四年のとき、父は母を訪ねてきました。母と私は、諏訪湖畔の大きいホテルへ呼ばれて、食事をしたのを、憶えています」

「お父さんは、あなたの成長した姿を見にきたのでしょうね」

「そうでしょうか」

「お父さんに会ったのは、一度だけ……」

「そのときだけです」

母が死亡したことを、父に知らせたらどうかと道原はいった。

「父は、くるでしょうか……」

それはどうかというふうに道原は首をかしげた。

「あなたは、お父さんの連絡先を知っていますか」

道原がきくと、菜七子はなにもいわず立ち上がり、簞笥《たんす》の引き出しを開けて、小型ノートを取り出した。それには大事なことが記されているのだろう。万一の場合はそれを見るようにと母親にいわれていたにちがいない。

菜七子は立ったまま、すわっている道原にノートを開いて見せた。

［新潟市白山浦《はくさんうら》　兼一《かねいち》酒造　本間康広《ほんまやすひろ》　電話番号］

「電話を掛けなさい」

道原がいうと、彼女はポケットから臙脂《えんじ》色のスマートフォンを取り出し、ノートを見ながら番号をプッシュした。

相手はすぐに応じたらしい。

彼女はぶっきらぼうな口調で、本間康広さんをお願いしますといった。

本間は近くにいたのか、電話に応じたようだ。

「わたし、諏訪の桐元菜七子です。けさ、母が亡くなりました。……心筋梗塞だっていわれました」

　相手は悔みを述べたにちがいない。

「わたしは独りです」

　相手はなにかいったらしく、彼女は、「はい」と答えると、通学用の鞄《かばん》から預金通帳を取り出し、口座番号を教えた。

「はい、分かりました」

　彼女は無愛想に応えて電話を終えた。

「電話には、お父さんが出たんだね」

　道原がきくと菜七子はうなずいた。相手が預金通帳の口座番号をきいたのは、それに香典を振り込むといったのだろう。

　彼女は、赤い帯で彩られた預金通帳を胸に押しあてていたが、夢から醒《さ》めたように丸い目を道原に向けた。

「わたし、哀しくて、隠していたことまで話してしまいましたけど、松本の刑事さんが、どうしてここに……」

「ある男の人が、桐もとへ飲みにくることを知ったので、その人のことをお母さんからきつもりだった。あなたには関係のない人だ」

菜七子は畳に手をついてからだの向きを変えた。マッチで線香に火をつけた。祐子の顔に掛けてある白布の端をつまんで死に顔を見ていた。

「お母さんは、朝、起きられなかったよね」

娘の声は少し震えていた。

「わたしは、夕べの残りのご飯に煮豆を入れて、醬油を落として、温めて。……そのうち変わったご飯を考えた。……ご飯に納豆とお茶漬けのりをかけ、それに冷たい牛乳を注いで……。お母さんは寝床の上にすわって、朝ご飯を食べるわたしを、じっと見てたわね」

菜七子は光った球のような涙を落とした。

道原は膝の上で拳を固くにぎっていた。

「これから、母をどうしたらいいんですか」

「今夜はここに一緒にいてあげなさい」

「あした、焼き場へいくんですね」

「そう。幾日も一緒にいるわけにはいかないので」

「それから、どうするんですか」

「お墓をつくってあげるのがいちばんだが、お金がかかる。下諏訪町の上のほうに諏訪大社の御柱木落し坂というところがあって、その近くに慈念寺《じねんじ》というお寺がある。そこには無縁の人たちを葬る墓地があるんです。お母さんは無縁の人じゃないが……」

道原はそういったが、祐子には親や兄妹《きょうだい》がいたのではないかと菜七子にきいた。

「両親は、母が新潟にいるときに亡くなったし、兄妹はいなかったということでした」

「そう。だから新潟をはなれてくることができたんだね」

「刑事さんは松本なのに、諏訪のことに詳しいんですね」

「私は諏訪の生まれなんだ。いまは安曇野市に住んでいる。高校三年生の娘が一人いて、三人暮らしなんだ」

「わたしには、高校の同級生以外には、親戚《しんせき》も知り合いもありません」

入口のほうで、「ご免ください」という女性の声がした。菜七子が立って出ていった。訪問者は近所の小料理屋の女将《おかみ》だという。五十歳ぐらいの肉づきのいい人だった。

その人は畳の上をにじり寄ると、祐子の顔の白布の端をつまんだ。「祐子さん」と、張り裂けるような声を上げた。

2

翌日の午後、諏訪市の斎場での火葬には道原、吉村、シマコが参列した。斎場へ三人が着くと男性二人、女性四人が菜七子を囲んでいた。その六人は湯の脇で小料理屋をやっている人たちだった。きのう自宅で祐子を見て、泣き叫んだ女性もいた。

「明田川がくるんじゃないでしょうか」

吉村がいった。

「どうかな。彼は桐元祐子が死亡したのを知らないかも」

「そうですね。二人は連絡を取り合っていた仲じゃなかったでしょうね」

菜七子が道原の前へやってきて頭を下げた。

「お金が要ると思ったので、銀行へいってきました。そうしたら、新潟の本間康広から百万円が振り込まれていました」

彼女は金額に驚いたようだった。残高がわずかの通帳に七桁《けた》の数字が刻印されていた。その金額には火葬に参列できない謝罪の意が込められているような気がした。しかし諏訪へいくべきかを迷ったと思われる。遺児となった菜七子を引き取るかを考えたかもしれない。どんなふうに育ったかも想像したにちがいない。これからどう生きていくかを案じただろうか。康広という人は再婚していただろう。彼は妻に祐子が死亡したことを話しただろうか。

きょうも斎場には夏の空が広がっていた。道原は控え室から外へ出て、黒い煙突を見上げていた。微風とともに白い雲が流れてきて、陽差しをやわらげた。煙突から出た煙は倒れるように横に流れた。新潟生まれの祐子は信州諏訪で静かに灰になった。

「菜七子さん、これからどうするんでしょうか」

シマコが控え室の入口に立っている菜七子を見ていった。

市の施設にでも入って、そこから高校に通うのではないかといおうとしたところへ、背後で若い女性の声をきいたので振り向いた。四十代見当の男と女子高校生らしい二人がいて、二人は菜七子を見つけると駆け寄った。彼女の同級生らしい。その二人は左右から菜七子の手をにぎった。菜七子よりも先に二人は泣いていた。二人と一緒にやってきたのは高校の教師だった。彼は道原を故人の身内と見たらしく悔みをいった。

新潟の本間康広は斎場へこなかった。菜七子は、二人の同級生にはさまれて、煙突の薄い煙を見上げていたが、父親である本間にはこの場にいて欲しかったのではないか。

近所の四人のうちの一人は、祐子の骨を拾うと係員に告げられると声を上げて泣き、骨が白い箱に納まるとそれを見て、大泣きした。

帰宅すると、近所の人たちが祭壇をこしらえ、線香や燭台《しょくだい》を持ち寄った。若い僧《そう》侶《りょ》が一人、バイクに乗ってやってきた。

菜七子は、経を唱える僧侶の後ろで首を垂れていた。こんな日が訪れようなどと想像したこともなく、身寄りのない凍りつくような寂しさにうち震えているようだった。

署にもどった道原は、メモ用のノートをテーブルに置いてじっと前を向き、桐元菜七子の薄い肩を思い出していた。彼の前を、腕を組んだ三船課長が行ったりきたりした。なにかいいたいらしいがきっかけをつかめずにいるらしかった。

西陽が窓に差し込んだ。吉村がシャッターを半分下ろした。

「明田川を尾けよう。やつはつくり話を考えついて、古屋未砂子から金を借りようとした男だ。もしも借りることができたとしたら、どうやって返済しただろう」

明田川には遊び癖がついているような気がする。「桐もと」の祐子が死んで店がなくなる。湯の脇にはほかにいきつけの店があるのだろうか。

車に乗った道原と吉村は、一言、二言口を利いただけで、午後六時五分前に湖東病院の駐車場に到着した。午後六時すぎに事務局の一部の電灯が消え、十五、六分して長身の明田川が裏口を出てきた。

きょうの彼は駐車場へ入った。萩の枝がからまっている垣根ぎわの白い乗用車に乗った。長野自動車道を走って松本インターで降りた。松本城方向へ向かって、旧開智学校近くの駐車場へ入った。地理と道路事情を心得ているように見えた。

車内でスマホを耳にあてた。電話を彼が掛けたのか掛かってきたのかは分からない。二、三分で外へ出ると両手を上げたりまわしたりしてから歩きはじめた。三、四分歩いて着いたところは［もくれん］という料理屋。松本では有名店の一軒だ。

「だれかと会うな」

道原がいった。

「そうでしょう。会った人が、どこのだれかかと分かるといいですね」

吉村は両手をズボンのポケットに突っ込んだ。

この店の道路側の椅子席は外から見えるようになっている。腰掛けた客の顔の部分あたりが帯状のすりガラスだ。

店へ入った明田川は道路から見て一番左の席にすわった。オーダーをききにきた店員と話している。彼はこの店へ何度もきていて、店員とは顔なじみなのかもしれない。

五分経った。白かクリーム色のスカートと踵《かかと》の高い白い足が明田川の正面にすわった。

「やっぱり女だったか」

吉村が憎そうにいった。

顔を見たかったが、上半身は曇りガラスに隠されている。

「車を転がしてきたのに酒を飲んでいる」

明田川と女性は、ワインを飲んでいるようだ。吉村は地面を蹴《け》った。

明田川が「もくれん」へ入ってから一時間十分がすぎたところで、二人は席を立った。女性が先に店を出てきて、スマホを確認するように見ていた。彼女は二十代後半か三十歳ぐらいで、背が高い。藤色のブラウスの上へ半透明に見えるケープを掛けた。

二人は肩を並べた。北深志《きたふかし》を横切って裏町《うらまち》通りを南へ向かって、白いドアに「ドルフィン」と黒字が浮いている店へ入った。

「一緒にメシを食ったのは、あの店の女でしょうね」

吉村はいまいましげに唇をゆがめた。

道原は顎《あご》を引いた。

明田川は車を運転してきたのにこれからも酒を飲むのだろう。もしかしたら今夜は帰宅しないのではないか。

「ちくしょう」

吉村は敵《かたき》に対しているようないいかたをした。

「腹がへったな」

「ぺこぺこです」

道原はコンビニへ走った。にぎり飯を四つと吉村のために菓子パンを一個買った。支払いをしているうちに気付いて、ボトルのお茶を二本追加した。

バーへ入った明田川がすぐに出てくるはずはなかったが、道原と吉村は、シャッターの下りている店の軒下でにぎり飯を頬張った。

道原たちが張り込んでいるあいだに「ドルフィン」には客が四人入り、五人が出てきた。さほど広い店ではなさそうだが、ホステスが何人いるのか分からなかった。

吉村が大あくびをした午後十時半、明田川が女性二人と店を出てきた。女性は二人とも裾《すそ》を引きずるようなドレスを着ていた。

タクシーがとまった。明田川が呼んだ車らしい。彼は二人の女性に手を振られた。

「タクシーで帰るのかな」

道原がいうと、まだ列車があるので松本駅へ向かったのではないか、と吉村がいった。

明田川はあした、駐車場へ置いた自分の車を取りにくるのだろう。

道原たちは車にもどり、人の姿のまばらな深夜の中心街を署へと向かった。

刑事課では当直の若い花岡《はなおか》が警務要鑑を開いていた。道原と吉村は日誌に、きょうの捜査を記すと、花岡に向かって手を挙げた。花岡は立ち上がって、「ご苦労さまでした」といった。

道原と吉村はふたたび署の車に乗った。吉村を奈良井《ならい》川に近い島内《しまうち》で降ろし、道原は安曇野市穂高《ほたか》の自宅へ帰った。

真夜中の台所へ入った。パジャマ姿の康代と比呂子がしゃがんでいた。二人は道原へ笑い顔を向けた。二人はリンゴの段ボール箱のなかへ手を入れているのだった。

「猫じゃないか。どうしたんだ」

「お夕飯を食べていたら、ニーロがへんな声で鳴いたの。いままできいたことがないような声でわたしを呼んでいたの」

比呂子がいった。ニーロは飼い犬。柴犬の雑種だ。比呂子が外へ出ていくとニーロは門の脇へ彼女を誘った。彼女は門を開けた。とそこに化粧品名が刷られた段ボール箱があって、仔猫が一匹入っていて鳴いていた。だれかが棄《す》てていったのだと分かった。比呂子は仔猫をそっと抱き上げた。目はぱっちりと開いていた。片方の目と耳が黒く、背中の二か所が黒毛で、あとは白だ。『パンダに似ている』比呂子は思わず仔猫に頬ずりした。ニーロは落ち着きを失って、仔猫を抱き上げた比呂子の足元をぐるぐるまわったり飛びついたりした。

比呂子は康代を呼んだ。康代は、小さい口を開けて小さい声で鳴いている仔猫を抱いた。『お腹《なか》をすかしているんじゃないかしら』

康代は仔猫を台所へ抱いていった。

小皿に牛乳を注いだ。仔猫は空腹をこらえていたようだった。かつおぶしをやってみたが食べなかった。

『お母さん、猫が好きなの』

『長野の家には、ずっと猫がいたのよ』

長野は康代の実家のことだ。

『この子を飼うの』

『可愛いね。可哀相に棄てられて』

『飼うんなら、お父さんに断わらなくちゃ』

比呂子はいったが、康代は答えず仔猫を膝にのせた。

『この子を棄てた人、だれかしら』

比呂子は首をかしげた。道原家の門の前へ置けば、必ず飼うと信じた人がいるのか、と彼女は、康代の膝の上で目を瞑《つむ》った仔猫を見つめた。

『飼うなら、お父さんに断わらないと。わたしがニーロを飼うっていったとき、お父さん、うるさいことをいったじゃない』

比呂子がそういっているのに康代は台所の隅の箱からリンゴを三つ四つつかみ出し、埃《ほこり》を払うような手つきをしてから、その箱に仔猫をそっと入れた。仔猫は箱の匂いを嗅《か》ぐような真似をしたが気に入らないのか箱から出ようとした。康代はふたたび仔猫を抱き上げ、比呂子がなにをいっても答えなかった――

「猫を飼うのか」

道原は箱のなかのパンダに似た仔猫をのぞいた。

「わたしが世話をしますから」

康代は仔猫の小さな頭を撫でた。仔猫は上を向いて鳴いた。その小さな口はピンク色だ。

道原は風呂から上がると台所の隅のリンゴ箱をのぞいた。仔猫は顔を隠すような格好をして眠っていた。

翌朝、仔猫は転がるように床を歩いて、小さい声で鳴いた。その声は親を呼んでいるようにもきこえた。道原は拾い上げるように猫を膝にのせた。雄である。

ニーロの散歩からもどった比呂子は、康代と顔を寄せ合って密やかな声で話し、笑い合っていた。

「お父さん、猫を飼ったことあるの」

比呂子が道原を振り向いた。

「諏訪の家には、私が生まれる前から猫がいたし、庭には犬がいた。猫は座敷に上がっているからか、犬よりも威張っているように見えた。猫はときどき鼠をくわえてきて、捕ったぞ、捕ったぞといっているように見せていた」

「家に鼠がいたの」

「物置小屋があって、そこに棲《す》んでいたらしい」

「お母さん、猫の名前、考えたの」

「名前は、お父さんに付けてもらいたいの」

「私が小学生のとき諏訪の家にいた猫は、トンビっていう名だった」

「トンビか。いい名前じゃない。トンビにしよう」

比呂子は仔猫を抱き上げると、頰ずりしながら二階の自分の部屋へ連れていった。

3

八月九日。朝のテレビは、七十五年前、長崎に原爆が投下された日として、平和公園の平和祈念像と浦上《うらかみ》天主堂を映していた。

「伝さんは、長崎へいったことがあるだろうね」

道原が出勤して十分もすると、三船課長が椅子を立ってきていった。

「はい。何度か」

道原は、稲佐山《いなさ》から眺めた長崎の夜景を思い出した。

「私も二度いったが、二度とも平和公園へいったあと寄ったところがある」

「それは、どこですか」

「日本二十六聖人殉教地だ」

道原もいった場所だ。豊臣秀吉の命によって、信仰を貫いた六人の宣教師と信者二十人が処刑された場所である。信者のなかには子どももいた。

道原は長崎へいくたびに訪ねる場所がある。永井隆《ながいたかし》記念館に隣接する如己堂《にょこどう》だ。原爆の被災者の永井博士が、病床に臥しながら戦争の悲惨さと平和を訴えた、たった二畳の住居である。その小さな家に手を合わせていたら、長崎旅行にきたという女性に、『これはどういう家ですか』ときかれた。道原が説明すると、その女性はハンカチを目にあてた。

きょうの道原と吉村は、松本の裏町通りの酒場のドルフィンで、明田川弘久と食事をした高身長のホステスに話をきくことにしている。

「明田川という男は、古屋未砂子から金をせびるつもりで彼女に接近して、何度か会っていることが考えられるな」

課長が道原にそういったところへ、岡谷署の藤森《ふじもり》刑事課長から電話が入った。

「一時間ほど前に、釜口《かまぐち》水門で女性の遺体が見つかった。遺体のすぐ近くからバッグが見つかったが、その人の持ち物らしい。財布と化粧品と松本の皮膚科医院の診察券のほかに同じ名刺が五枚入っていた。その名刺には松本市女鳥羽・サロン・ドルフィン・相沢美紀《あいざわみき》と刷ってある。ドルフィンというのが勤務先と思われるので、ひとまず連絡しておきます」

「その女性は何歳ぐらいですか」

三船課長がきいた。

「三十歳ぐらいです。身長は百五十八センチ、体重は五十キロ。髪は栗色で長め。左腕の肩に近いところに約十センチの切り傷の跡がありますが、ほかに外傷の跡は見あたりません」

藤森課長は遺体の写真を送るといった。検視された遺体は松本市の信州大学の解剖室へ運ばれることになっているという。

「相沢……」

道原がつぶやいた。

「智則君にピアノを教えにきていた女性は、たしか相沢姓だった」

吉村がノートを開いて確かめた。

死に顔の写真が送信されてきた。水死のせいかたまご型の顔は少し腫《は》れているようだ。目を瞑っていて、唇をわずかに開いている。鼻は高そうだ。耳は小さくて薄い。

パソコンの写真を複写した。道原と吉村はそれを持って下諏訪へ向かった。車山光機に勤めている宮坂沙矢香に見てもらうことにした。彼女は一度、智則にピアノを教えにきていた相沢という女性を見たことがあるといっていた。

外へ出ると白いひつじ雲のかたまりを灰色の雲が追いかけるように流れていた。灰色の雲は雨を孕《はら》んでいそうだ。

砥川《とがわ》沿いの車山光機からは鈴を振っているような金属製の小さい音が洩《も》れていた。

水色の服を着た沙矢香はすぐに出てきた。応接室へ案内すると彼女はいったが、写真を見てもらうだけだからと道原たちは壁ぎわへ彼女を誘った。

吉村がはがき大の写真を彼女に向けた。

彼女は、「はっ」といって口に手をあてた。死に顔だと分かったからだろう。

彼女は写真から目を逸らし、瞳を動かしてから、ふたたび吉村が手にしている写真に目を落とした。

「智則にピアノを教えていた人に似ています」

彼女は慎重ないいかたをした。

「この人の物と思われるバッグには、相沢美紀という名刺が入っていました」

「この人は、亡くなったんですか」

「けさ、釜口水門で発見されたんです」

「釜口水門で……。どうしたんでしょうか」

「なぜ亡くなったのかを、警察は調べています」

道原は、身辺の警戒を怠らないようにといった。

彼女は、固くにぎった両手を胸にあてた。

道原と吉村は、満々と青い水をたたえている諏訪湖の西端岸に立った。釜口水門は天竜川の水源である。たいていの川の水源は、深山の小草や木の葉の上にのっていた小さな一滴がこぼれ落ち、斜面を流れる筋になり、雨とともに筋が溝になり、両側から流れ込む水によって沢が生じ、流れ下りながらその幅を広げて川に成長するものだが、ここの水源はごうごう、どどっと音をたてしぶきを上げて流出している。

道原と吉村は、厚いコンクリートの水門の上を歩いた。「魚道」の説明を書いた案内板があった。［諏訪湖と天竜川の間を魚が行き来するための施設です。諏訪湖と天竜川では水位差が約3・5ｍあるので、ゆるやかな流れとなるよう階段式魚道になっています。魚道を流れる水量は、毎秒2㎥から4㎥、流れる水の速さは毎秒2ｍ以下になるようつくられています」

対岸は諏訪市で小高い山の麓《ふもと》には建物がぎっしりと埋まっている。山に囲まれた諏訪湖は擂鉢《すりばち》の底である。近年は凍ることが少なくなったが、道原が少年のころの冬は全面結凍した。御神渡《おみわた》りといって、夜間に冷え込むと、轟音《ごうおん》とともに氷が裂け、その裂け目が山のようにせり上がった。冬はスケートをよくやった。温泉地なので氷の薄い部分がある。そこへ落ちたときの用心に、地元のスケーターは物干し竿《ざお》のような長い棒を腹に押しあてて滑っていた。氷の穴に落ちたとしても長い棒が両端を支えてくれるからだ。

道原の実家は諏訪湖より二段も三段も標高の高いところにあった。そのぶん市街地より冬の気温は低い。スケートはもっぱら田圃《たんぼ》だった。農家が田に水を張って、凍らせてくれたのである。

「相沢美紀の名刺を持っていた女は、この近くで湖に落ちたんだろうが、自殺じゃないだろうな」

道原は八ヶ岳連峰を見ながらいった。

「過って落ちたか、何者かに突き落とされた。私は、突き落とされたとみています」

吉村は、青い湖を向いていた。

二人は夕方の松本裏町通りで車を降りた。白地に黒い字を浮かしているドルフィンのドアを肩で押した。痩せた三十歳見当の男が箒《ほうき》を持っていた。吉村が身分証を見せた。男は電灯を明るくした。男は女性のように色白だ。

「相沢美紀さんという女性が勤めていますね」

道原がきいた。

「美紀さんは辞めました」

「辞めた。いつですか」

「六月の末です。彼女になにかあったんですか」

「バッグに、こちらの店の名が刷ってある名刺を複数枚持って、亡くなっていた」

「亡くなった。家でですか」

岡谷の釜口水門で遺体で発見された、と吉村がいって写真を見せた。

男は、鼻に皺《しわ》を寄せたが、相沢美紀だと答えた。

「釜口水門ていうと、諏訪湖ですね。落ちたんですか」

「落ちたか、落とされたかは分かっていません」

「落とされた……」

「いつから勤めていたんですか」

「二年間ぐらいです」

「こちらを辞めた理由は」

「彼女はピアニストでした。音楽教室の講師になるためというようなことをいっていました。……この店にもピアノがあります。ピアノの伴奏でうたいたいというお客さんがいますので、彼女が弾いていました」

「美紀さんは、毎日出勤していましたか」

「うちは土曜日もやっていますが、彼女は月曜から金曜まで出勤していました」

この店には背の高い女性がいる。その人の名をきくと、

「背の高いコは二人いますが、どっちのほうでしょうか」

「おととい、明田川弘久さんと食事をした女性です」

道原がいうと男は眉を寄せた。刑事が客の名を知っていたので驚いたのだろう。

「あまりさんです。柿ノ木《かきのき》あまりさん。うちではいちばん古いホステスです。刑事さんは明田川さんをご存じなのですね」

「ええ。……明田川さんはたびたび飲みにくるんですか」

道原は男の白い顔をにらんだ。

「月に一度ぐらいです。刑事さんは、明田川さんのことを調べていらっしゃるんですか」

「いや。一度会っただけです」

道原は、この店には女性が何人いるのかをきいた。男は上目遣いをして四人いると答えた。マスターがいて、現在は六人でやっているという。

男は箒を隅に寄せると、

「刑事さん。ビールでも一杯いかがですか」

と薄笑いを浮かべた。死亡した相沢美紀に関することを詳しくききたいのではないか。あるいは明田川弘久の身辺についても知りたくなったのではないか。

道原は顔の前で手を振り、ききたいことがあったらまた訪ねるといって、氏名をきいた。井川義一《いかわぎいち》だと名乗った。

4

午後七時半に出勤した柿ノ木あまりを、道原と吉村は店の外へ呼び出した。彼女の身長は百七十センチぐらいだろう。水色の地に紺の縦縞《たてじま》のシャツに丈の短い薄茶のチェックのパンツを穿《は》き、メッシュのバッグを持っていた。

「松本署の者です」

道原が身分証をちらりと見せていうと、彼女は細く描いた眉をぴくりと動かした。ちょっと話をききたいといって、ドルフィンから十メートルほどはなれたところに立った。

「あなたは、諏訪市の明田川弘久さんとは親しいようですね」

彼女は二人の刑事の顔を見てから、

「特に親しいわけではありません。店のお客さんというだけです……」

　彼女は額に手をあてた。

「先日の夕方、一緒に食事をしているじゃないですか」

　刑事はそんなことまで知っている。どきりとしたのかバッグを胸に押しあてた。

「明田川さんは、松本市内に住んでいたある女性の自宅を訪ねて、金を貸してもらいたいと頼んだ。だがその女性には断わられた。その女性は大金を持っていた。そのことを明田川さんは、だれかからきいたんだと思う。大金を持っている女性がいることを、明田川さんからきいたことがありましたか」

「ありません。大金を持っている女性って、どういう人なんですか」

「子どもを一人抱えて離婚して松本に住んでいたが、七月八日に諏訪市で殺された。その事件はまだ解決していません」

「その事件、知っています。片倉館の近くの貸し家で殺されたんでしたね。その女性が大金を持っていたんですか」

「そう」

　道原は曖昧《あいまい》な返事をした。

「明田川さんがお金を借りにいったのは、その女性なんですね」

「そのようです。明田川さんはどうして金を借りたかったのか、あなたには見当がつきますか」

「見当なんて、わたしには……。もしかしたら美紀さんは知っていたかも」

「美紀さんていうと、相沢美紀さんのこと」

「そう。明田川さんは、美紀さんのことが好きだったようです。美紀さんは六月一杯で店を辞めましたけど」

「相沢美紀さんは、亡くなりました」

「亡くなった。それ、いつですか」

「けさ、岡谷の釜口水門で浮いているところを発見されました」

「諏訪湖ですね。湖に落ちたんでしょうか」

「水死であることは確かだが、自分で湖に入ったのか、何者かに突き落とされたのかは、まだ分かっていません」

明田川と相沢美紀はどんな間柄だったのかを、道原はあまりの表情を見ながらきいた。

「二人がどこまでの関係だったかは知りません。明田川さんは、美紀さんがドルフィンにいたので、通ってくるようになったようです」

「美紀さんがドルフィンで働くようになる前から、二人は知り合っていたようですか」

「そうではないと思います。明田川さんはどなたかとドルフィンへおいでになって、美紀さんを見初《みそ》めたのだと思います」

「明田川さんは最初、ドルフィンへたびたびきていた客に誘われてやってきたというわけですね。彼を連れてきたのはだれでしたか」

「どなただったかしら」

あまりは、首を左右に曲げた。

井川が走ってきた。

「刑事さん、いい加減にしてくれませんか。お客さんが何人もきているんです。女のコがいないと……」

井川の白い顔に紅《あか》みがさした。

「もうひとつだけききたい」

「なにをですか」

井川が怒ったような目をした。

「水森雄一郎さんと柴崎貞夫さんという名に記憶がありますか」

「水森さんも柴崎さんも、うちのお客さんです」

井川はそういうとあまりの背中を押した。彼女は頭も下げずに店のほうへ駆け出した。

「水森さんと柴崎さんは、知り合いなんですね」

道原がきくと、井川は、

「お客さんのことをいちいち話すわけにはいきません」

と、投げつけるようにいって背中を向けた。

「しまった。最初にあの男の電話番号をきいておくべきだった」

道原は舌打ちした。

白ワイシャツの井川は飛び込むように白いドアに消えた。

相沢美紀の住所は松本市島内《しまうち》。妹で二十六歳の相沢琴《こと》と一緒に住んでいた。住まいは近くの農家の家作である一軒屋だ。玄関にも部屋の窓にも灯りが点いていた。

道原と吉村が訪ねると、琴が出てきて上り口へ膝をついた。彼女の目は赤かった。

艶《つや》のある黒い髪が肩にかかっていた。

「大町《おおまち》から兄がきています」

彼女はそういって二人の刑事を座敷に通した。芳郎《よしろう》という名の琴の兄が出てきて畳に両手をついた。彼は美紀より四歳下だったといった。

琴はきょう、信州大学法医学教室の控え室で諏訪湖の釜口水門で遺体で発見された美紀について説明をきき、姉と対面したのだと話したが、死に顔に会ったときを思い出してか、声を震わせた。

「大町のご実家には……」

道原が芳郎にきいた。

「両親がおります。父は大工ですが、二か月ばかり前に仕事中に怪我をして、それ以来、家にこもりっきりです。私は大町のアルプス電産という会社に勤めています」

道原が琴のほうを向くと、

「わたしは、新光《しんこう》医器に勤めています」

と、ハンカチをにぎっていった。最先端医療機器の大手だ。

「美紀さんは、ピアノの家庭教師をしていたし、夜は裏町のバーに勤めていましたが、それはご存じでしたか」

「姉は、東京の音楽大学を出ました。ある楽団に所属していたこともありましたけど、その楽団が解散してしまったので、松本へきて、音楽教室の講師やピアノの家庭教師をしていました。それだけでは収入が充分とはいえないので、裏町通りのバーに二年間ぐらい勤めていました。けれど昼と夜の仕事で疲れたといって、今年の六月にその店を辞めました。そのあとはわりに規模の大きい音楽教室の講師と、ピアノを習う子どもの家へ教えに通っていたようでした」

琴はハンカチをまさぐりながら話した。

「美紀さんは、夜の湖畔を歩いていたんじゃないでしょうか」

道原は首をかしげてきいた。

「そうでしょうか……」

琴は光った目を道原に向けた。

美紀の死因は溺死《できし》だった。たとえばどこかで殺されて車で運ばれてきて、湖に投げ込まれたのではなさそうだ。

「美紀さんは、泳げましたか」

「泳げました。大町のプールへ連れていってくれたこともありました」

琴はそういって、美紀が泳げたかを確かめるように芳郎に視線を投げた。

「泳げました。川へ泳ぎにいったこともありましたし」

芳郎が補足した。

遺体解剖の結果、死亡したのは八月八日午後八時ごろとなっている。

「八日の夕方か夜、美紀さんから、たとえば帰宅が遅くなるといった電話でもありましたか」

道原は琴のほうを向いた。

「ありません。いつも姉はそういうことを連絡してきませんでした。裏町通りの店に勤めていたころは帰ってくるのが深夜でした。店を辞めてからは夜七時ごろに帰ってきましたし、わたしと一緒に夕ご飯を食べる日もありました。わたしは大食いのほうですけど、姉はわたしの半分ぐらいしか食べない人でした」

琴は美紀と向き合っての夕食を思い出してか、ハンカチで顔をおおった。

「美紀さんは三十三歳でしたね。お付合いしていた方はいましたか」

涙を拭《ふ》いた琴にきいた。

「何年か前まではいました。姉が水商売の店に勤めると、お付合いしていた人はそれを嫌ったらしく、姉といい合いをした揚句、別れたということでした。その後は、特に親しくしている人はいないようでした」

「以前、お付合いしていた人の名前を、琴さんはご存じですか」

「知っています。やはり大町出身の方で、イデシンフォニーというバンドのメンバーの、上条圭介《かみじょうけいすけ》さんという名です」

道原と吉村は、琴の答えをノートに控えた。

「美紀さんのご遺体はどうされますか」

道原が芳郎にきいた。

「あした、警察で引き取って、大町へ連れていきます。父と母に会わせないと……」

芳郎は唇を噛《か》むと顔を伏せた。膝の上で両方の拳を固くにぎると肩を震わせた。

「刑事さん」

芳郎は顔を上げた。つかみかかるような目をして、

「姉は殺されたんですね」

ときいた。

「自殺するような原因がなければ」

「自殺なんて考えられません。死ぬほど困っているような暮らしをしていたわけではありません」

琴は道原に訴えるような目を向けた。

美紀は何者かの秘密をにぎっていたのではないか。警察がその秘密に手を延ばしはじめたのを知り、秘密を知っている美紀を始末したとも考えられる。

5

「私はね、今度の事件《ヤマ》の原因は、古屋未砂子が持っていた一億五千万円の現金にあるような気がする。彼女が大金の上に寝ていなかったら、彼女は殺されなかっただろう。……お金の心配はなかったので、一人息子の智則にピアノを習わせ、自分は音楽教室のオーナーにでもなることを考え、将来は楽団を編成して、智則の演奏を大会場のステージで聴衆に見せる。そんなことをベッドに横たわるたびに夢見ていたんじゃないだろうか。……彼女は美人だったからか金持ちと結婚した。夫の浮気が原因で離婚したのだろうが、世間知らずだったんじゃないかな。大金を枕にしている女がいるのを知ったら、その金を奪おうと寄ってくるハイエナのような人間が、世の中にはうようよいるのを知らなかったんだ。ハイエナたちは音を立てずに近寄ろうとする。それに気付いて邪魔をする者は消されるんだ。……伝さんよ、殺された女性の身辺捜査も大事だが、未砂子がどうして現金を手許に置いていたのか、それとも手許《てもと》に置くように仕向けた者がいるのかを調べることだ」

三船課長は剃《そ》り残した無精髭《ぶしょうひげ》を引っ張った。

道原は目を瞑って課長の指示をきいていたが、吉村を手招きした。課長は署長に電話で呼ばれて刑事課《デカベヤ》を出ていった。

「東京の帝王会館へいこう」

「えっ、これから」

「列車だ。約二時間半で新宿に着ける」

シマコがお茶を持ってきた。これから東京へいくことを話すと、

「いいな東京。わたし、一年以上東京へいっていない。東京の大学を卒業してもどってきたやつは何人かいるけど。……わたしね、日曜に、銀座の歩行者天国を、アイスでも舐《な》めながらゆっくり歩きたいの」

道原は吉村に出張の準備をさせた。十一時八分発の「スーパーあずさ」に間に合うと吉村がいった。

松本から特急列車に乗った客は半分ほどの席を埋めた。上諏訪を出たところで、松本駅で買った弁当を開いた。最近駅で売っている弁当は旨《うま》くなった。左の車窓に八ヶ岳、右の車窓に南アルプスを映して、列車は甲府に着いた。登山を終えてきた十人ぐらいが重たそうなザックを下ろした。彼らは陽焼けしていた。近づけば汗の匂いがしそうである。

列車は定刻に新宿に到着した。

「私は、これが苦手なんだ」

道原は人混みのなかでいった。

地下鉄を日比谷《ひびや》で降りた。帝王会館の本社は警視庁丸の内署のすぐ近くだった。一階は皇居の日比谷濠が見える広いラウンジで、商談中らしい客が何組もいた。この会社は各地にホテルや旅館、それからレストランを経営し、東京駅には売店も設けている。

事務室は八階で皇居の森が窓に映っていた。

受付へ出てきた若い女性に、諏訪市の鍵乃家についてききたいことがある、と告げた。女性は、「鍵乃家……」とつぶやいて首をかしげた。その存在を知らないようだ。

彼女はパソコンの画面をにらんでいた女性に話し掛けた。話し掛けられた女性が出てきた。道原は若い女性にいったことと同じことをいった。

「少しお待ちください」

女性は背中を向けると電話を掛けた。

「お話の分かる者がまいりますので、こちらへどうぞ」

窓ぎわの応接セットへ招かれた。

五、六分経つと上質そうなグレーのスーツを着た五十代の男がやってきて名刺を出した。安藤《あんどう》という常務だった。

「鍵乃家の買収については、建物や内装や庭などの調査は専門家にお願いしましたが、買い値の交渉と受け渡しのさいの手続きは私が担当いたしました。なにか疑問でもあったのでしょうか」

「さしつかえなかったら、買い値を教えてください」

「建物は古いが、土地がわりあい広いので、向こうさまの差し値に近い額で買い取りました」

安藤はすぐには買い値を答えなかった。

道原は、いくらだったかをあらためてきいた。

「七億六千万円でしたが、その金額になにか疑問でもおありですか」

「支払いは銀行振り込みだったんでしょうね」

「そうでしたが、支払いのたしか前日、鍵乃家のオーナーだった古屋さんから私に電話がありまして、一億円だけ現金で受け取りたいとおっしゃいました」

「ほう。一億円を」

「それを私は承知して、若い部下と一緒に一億円を持参いたしました」

「鍵乃家へ持っていかれたんですね」

「いえ。古屋さんのご自宅へうかがいました」

「その日の古屋家ではだれにお会いになりましたか」

「ご主人の古屋浩二郎さんと奥さまです」

「古屋家は、どうして一億円を現金で受け取りたかったんでしょうか」

道原は言葉に力を込めた。

「それはうかがいませんでした。たぶん個人的に必要だったのではないでしょうか」

そのとき、古屋竹男と未砂子の離婚は決まっていただろう。二人はすでに別居していたのではないか。

一億円を現金で受け取った竹男の両親は、後のちのためにと、未砂子に五千万円足して手渡した。それを知っているのは、竹男とその両親。竹男の兄松一も知ったことだろう。

「一億五千万円……」

吉村が帰りの列車のなかで急につぶやいた。彼はその金額をずっと考えていたらしい。

「一億五千万円を受け取れることを、未砂子は前もって知っていたでしょうか」

「離婚については、古屋家で話し合いをしたんじゃないか。その話し合いで、竹男からということで一億円、竹男の両親からは五千万円。これを未砂子に話して、承知させていたんじゃないかな」

八王子《はちおうじ》を過ぎると列車の窓には緑の山が映りはじめた。

「慰謝料を現金でと未砂子がいったんじゃないでしょうか」

「その可能性は考えられるが、なぜ現金で欲しかったんだと思う」

「彼女には事業を興す計画でもあった。それには現金が必要だった……」

「そうか。彼女が現金での受け取りを希望した。子どもを抱えていた彼女には心の支えとして金が必要だったが、前まえから事業を計画していたかもしれないな」

「未砂子は、音楽教室の開設を人に話したことがありましたね。それは、竹男と結婚生活をしているときから考えていたことだったんじゃないでしょうか」

吉村の話に道原はうなずいた。慰謝料の受け取りを現金でといったのは未砂子だったのではという推測は、あたっているような気がした。

帰りの列車は日暮れどきに松本に着いた。駅も駅前もざわついていた。人は夕方になると気忙《きぜわ》しく動くようになる。

署に着くと課長はおらず、シマコが帰り支度をしていた。

「用事があれば残りますけど」

彼女はバッグを持ってきいた。

道原は顔の前で手を振った。

未砂子の妹の宮坂沙矢香に電話した。彼女は自宅へ帰り着いたところだといった。

「大事なことをうかがいます」

「はい」

彼女は居ずまいを直すような返事をした。

「未砂子さんは、離婚なさる前、なにか事業でも計画していましたか」

「事業……」

沙矢香はスマホを耳にあてたまま考えているようだったが、

「あっ、思い出しました」

と、張りのある声を出した。音楽教室の開設をとでもいうのかと思っていたら、農園経営の計画を話したことがあるといった。

「塩尻でワイン用のブドウ園をやって、いずれはワイナリーを経営したいといっていました。塩尻市内には現在ブドウ園を持っているが、後継者がいないことから、畑を手放したいといっている人がいるようなことを話していました。実現したら、わたしも手伝うといったことがありました」

「その計画を未砂子さんはだれかに話していたでしょうか」

「どうでしょうか。考えていただけかもしれません」

「未砂子さんは大事なことを、あなたに相談していたでしょうが、ほかには相談相手になってもらえそうな人はいましたか」

「どうでしょうか。いたとしたら、その人のことをわたしに話したと思います」

「未砂子さんには、お付合いしていた男性はいましたか」

「分かりません」

彼女の声が小さくなった。

未砂子は諏訪湖畔の貸し家で首を吊った格好で見つかった。そこはホテル絹市の所有だが茅野市の大谷という人に貸していた。大谷という人は大谷衣料という会社の社長。会社の別荘がわりに借りているので、そこを社員が利用していた。社長や社員が使わないかぎりその別荘は空き家である。未砂子はそういうところで死んでいた。いや、首を絞められて殺され、犯人は自殺に見せかけようとしたらしく、帯を彼女の首に巻いて、長押に吊り下げたのだった。

それを諏訪署は男の犯行とにらんでいる。

未砂子は男に会いにいったのだろう。男とは関係を結ぶ目的でなく、短時間の話し合いでもするためだったような気がする。彼女は事業に着手したがっていた。たったいま沙矢香からは、塩尻の農家からブドウ園を買い取りたいという計画を持っていたことをきいたし、松本市内に音楽教室を開設したいと考えてもいた。

彼女が殺害されたのを考えると、きわめて危険なことを他人に打ち明けていたのである。つまり金を持っていることを、世間に知らせていたことになる。

第五章　三人のアリバイ

1

刑事では最年少の花岡が、きいた者たちが飛び上がるような情報をつかんできた。

女鳥羽川沿いの乾物店「能登屋《のとや》」の女性店員が、諏訪湖畔の北澤美術館前で、古屋未砂子がイデシンフォニーの上条圭介と一緒に歩いているところを見たことがあるといったという。

「まちがいないか」

三船課長は花岡に確かめた。

「能登屋の降旗《ふるはた》さんは、まちがいないといっています」

「伝さん……」

課長は顎《あご》を動かした。あらためて能登屋へいってこいといっているのだった。

上条圭介は以前、相沢美紀と付合っていた男だ。

道原は吉村を促した。

花岡の聞き込みが浅いというわけではない。念には念を入れるためだ。

道原は席にすわっている花岡の肩を二つ叩いて、吉村とともに刑事課を飛び出した。

乾物を扱っている能登屋は老舗で、出入口の脇には古びた樽《たる》が二つ積んである。

降旗清子《きよこ》は四十歳ぐらいの小太りの女性で、この店に長く勤めているようだ。

道原は、古屋未砂子と上条圭介を見掛けたときのようすを、詳しくききたいといった。

降旗はうなずくと店の奥へ案内した。木製の箱がいくつも積まれている倉庫のようなところへ、折りたたみ椅子を広げた。彼女はシャツの胸ポケットから小型のノートを取り出した。

「六月二十六日の午後二時ごろでした。わたしは絹市さんと鍵乃家さんへ注文された物を届けにいきました。湖畔通りの赤信号でとまっていたら、わたしの車の前を未砂子さんと上条さんが横切りました。わたしはどういうわけか胸がどきどきしました。未砂子さんと上条さん信号を出て二、三十メートルいったところで車をとめました。

は、湖畔公園を片倉館のほうへ向かって歩いていきましたけど、二人は手をつないでいたんです。わたしの胸がどきどきしたのはそれを見たからでした」

「あなたは、古屋末砂子さんを知っていたんですね」

「はい。ずっと前、宮坂末砂子さんだったころからの知り合いでした。彼女が離婚したことも、彼女の話から知りました、お食事を一緒にしたり、どこかへ一緒にいく仲ではありませんでしたけど、道で出会ったりすれば立ち話をしていました。子どもさんの手をひいて川沿いを歩いている姿を見掛けたこともありました」

「上条圭介さんとは、お知り合いでしたか」

「いいえ。イデシンフォニーの演奏会で見ていましたし、NHK主催の音楽会でもピアノを弾いていたので顔をよく知っていたんです。テレビで観たこともありました」

「あなたは車のなかから何分ぐらい、二人を見ていたんですか」

「五、六分。いえ、もっと長かったかも。二人は公園で立ちどまったりして、さかんに会話をしているようでした」

「二人はどこへいきましたか」

「それは分かりません。二人の姿が見えなくなったので、わたしは絹市さんへ品物を届けにいきました」

「あなたが運転していた車には、どなたかが乗っていましたか」

「いいえ」

古屋未砂子が上条圭介と湖畔を歩いていたのを見たあと、未砂子に会ったかを道原はきいた。

「会っていません」

「未砂子さんは、片倉館の近くの貸し家で殺されていた。その事件はご存じでしょうね」

「知っています。彼女の事件を知ったとき、六月に諏訪で見掛けたときのことを思い出しました」

「どんな気持ちでしたか」

「身震いしました」

「二人を諏訪湖畔で見掛けたことを、なぜ警察に知らせなかったんですか」

「そんなことを、すすんで届ける気なんて、わたしにはありません」

「きょう、うちの花岡に話したきっかけは……」

「店の前にいたら、花岡に声を掛けられたんです。花岡とは自宅が浅間《あさま》温泉ですぐ近くです。わたしは彼を子どものときから知っていて、名字を呼び捨てにしています。

刑事になったのを知っていたので、仕事はどうなのって、きょうきいたんです。そうしたら未解決事件を調べているっていって、古屋未砂子さんのことを話したので、わたしはその人を知っていたって話したんです」

道原は降旗清子に礼をいって能登屋を出ると、イデシンフォニーの事務所に電話して、上条圭介の居場所が分かるかを尋ねた。女性の事務員が応じて、今週は演奏会がないので自宅にいると思うといわれた。自宅は里山辺《さとやまべ》だと分かった。

「上条圭介を見たことがあるか」

道原は吉村にきいた。

「四、五年前にオオタキキネンフェスティバルの演奏をききに友だちと一緒にいきました。そのときのピアニストが上条圭介だったと思いますが、顔は憶えていません。道原さんは……」

「名前をきいたことがあるだけで、見たことはない」

上条圭介は現在四十歳ぐらいのようだ。イデシンフォニーの事務所へいけば彼の経歴などは分かるだろうが、きょうは自宅へいってみることにした。

夜の里山辺には人影がなかった。住宅が点々とあって、ほとんどの家の窓は明るかった。松本和田線という県道沿いの商店できいて上条の自宅が分かった。

そこは木塀で囲んだ木造の二階屋。一階にも二階にも電灯が点いていた。

玄関へは細面の女性が出てきて、「上条の家内でございます」と膝《ひざ》をそろえていった。

目が細く唇の薄い人だった。

「上条は外出しておりますが、ご用はなんでしょうか」

妻は刑事の夜の訪問に不吉なことでも想像したようだ。

二階からは子どもがふざけているような声が降っていた。

「上条さんのお知り合いの方のことをうかがいたかったのです。お出掛け先がどこなのか、分かっていますか」

「分かりません。行き先をいちいち教えて出掛けませんので。……上条の知り合いの方とは、どういう方でしょうか」

道原はどう答えようかを迷ったが、

「事件の関係者です」

といった。妻の眉《まゆ》がぴくりと動いた。

「事件の関係者のことを主人にききにおいでになった。事件の関係者とはなんという方でしょうか」

「女性です」

妻は薄い唇を開きかけたが、なにかを考えるように目を伏せた。

また子どもの声がした。

「お子さんは、何人いらっしゃるんですか」

「男の子が二人です」

妻は細い目を一瞬きらりと光らせ、腰を動かして少し退《さ》がると、板の間に両手をついた。刑事の話を詳しくききたくないので、帰ってくれといっていた。

妻はこれまでの夫の浮気を知っていたのだろう。そのことで夫婦のあいだで揉《も》めたことがあったのではないか。妻にとって最も触れたくない話題は、夫の女性関係なのか。

道原と吉村は、車を駐車場に置くと、裏町通りへ入った。すし屋の従業員が桶《おけ》を提げてせわしげに歩いていた。肩を組んで歌をうたいながら歩いている男もいた。

ドルフィンに近づくとドアが開いて、男が二人出てきた。背の高い柿ノ木あまりが客につづいて出てくると、手を振った。客は常連のようだ。

店にもどりかけたあまりに、道原が声を掛けた。振り向いた彼女は眉間《みけん》を険しくした。

「この店にピアニストの上条圭介さんはきますか」

「以前はよくお見えになりましたけど」

あまりは上目遣いをし、小さい声で答えた。

「亡くなった相沢美紀さんは、上条さんと特別親しかったようですが、それは……」

「知っていました。上条さんは、美紀さんがいたので、飲みにきていたようなんですが……」

あまりはなにかを思い出してか胸に手をあて、

「一年ぐらい前だったと思います。飲みにきていた上条さんと美紀さんは、いい合いをはじめました。上条さんがきたのに、美紀さんがすぐに彼の席につかなかったのを怒ったようでした。上条さんがヤキモチをやいたのだと思います。美紀さんはおとなしそうに見えましたけど、そのときはキツい目をして……。上条さんはそれきり飲みにこなくなったような気がします」

道原は彼女にもっとききたいことがあったが、店には客がいるだろうから、今夜は引き揚げることにして、電話番号をきいた。

相沢美紀は、古屋智則にピアノを教えにいっていた。彼女はどのようなきっかけから古屋未砂子を知ったのか。だれかの知恵が働いて、美紀を未砂子に接近させたということも考えられる。

美紀は未砂子が行方不明になると、智則にピアノを教えにいかなくなった。自分が疑われるのではと、古屋家に近づかないことにしたのではないか。

ドルフィンへは明田川弘久が飲みにいっている。水森雄一郎も柴崎貞夫もいっていることが分かっている。三人は話し合いをして、それぞれが単独で未砂子を自宅に訪ねることにし、それを実行したように思われる。その目的は現金を借りることだったが、彼女が毎晩、大金の上で眠っているのを知っていた者がいるはずだ。

美紀も彼らの魂胆に一枚噛《か》んでいたという気がする。智則にピアノを教えながら、家中のあちこちに目を配っていたのではないか。

2

上条圭介が松本市役所近くのイデシンフォニーの事務所にいることが分かったので、道原と吉村は会いにいくことにした。

市役所の駐車場に車を置いた。井戸を見つけたので、二人は冷たい水を飲んだ。松本市内には井戸が何か所もある。

楽団の事務所には立派な応接室があって、金色の額に小さな港を描いた絵が飾られていた。漁船の横に帆のないヨットが倒れかかるように描かれている。タイトルは「台風の二日後」。灰を撒《ま》いたような色の空の一角に拳大の蒼空《あおぞら》がのぞいている。それを一目見て坂東淡味の絵だと分かり、吸い寄せられるように近づいた。

「絵をお好きのようですね」

背中で低い声がした。振り向くと肩にかかりそうな髪をした痩せぎすの男が微笑していた。上条圭介だった。彼は麻のジャケットを着ていた。

「いまコーヒーを頼みましたので」

上条は二人の刑事に椅子をすすめたが、視線は低いところを指していた。

ドアにノックがあって、小柄の女性が円《まる》い盆にコーヒーをのせてきた。上条はすぐにカップに指をからめた。

道原と吉村は、テーブルに置かれた緑色のコーヒーカップに目を落としただけで手をつけなかった。

「大事な質問をしますので、慎重に答えてください」

道原は眉間を寄せた上条をにらんだ。上条は返事をせずうなずきもしなかった。

「七月八日、あなたはどこにいらっしゃいましたか」

「一か月以上も前のこと。思い出せないと思います」

上条は一口飲んだコーヒーカップのあたりを見ていた。

「演奏会などがなかったことは、調べて分かりました。どこかへお出掛けになりましたか」

「さあ、憶えていません。自宅で本を読んでいたかもしれません」

「日記とか、記録をつけていませんか」

「仕事のスケジュールはノートにつけていますが、それ以外は」

彼はゆるく首を振った。

「スケジュールをつけているノートを見てくれませんか」

ノートは鞄《かばん》のなかだと彼はいって応接室を出ていき、二、三分してもどってきた。

「七月八日はなにも書いていない。一日中家にいたと思います。七月八日にはなにがあったんですか」

「諏訪湖畔の貸し家で、松本市内に住んでいた女性が何者かに首を絞められて、殺された日です」

「お気の毒に……」

そうつぶやいた上条の顔は蒼味をおびているようだった。

道原は上着のポケットからノートを取り出した。上条の視線が道原の手に飛んできたのが分かった。

「それでは」

道原は相手をにらむようにいった。

「六月二十六日の午後は、どちらにいらっしゃいましたか」

「今度は六月ですか。そんなに前のことは」

「憶えていらっしゃらないでしょうから、ノートを見てください」

上条はノートをゆっくりめくった。

「この日も空白です。家にいたのだと思います。私には読みたい本が何冊もあります。買ってきたのに開いていない本もあるんです」

彼は刑事がきかないことをいった。

「上条さんは、都合の悪いことはメモしないことにしているようですね」

「えっ。都合の悪いことなんて……」

彼は二人の刑事の表情をうかがう目をした。

「六月二十六日の午後、あなたは上諏訪にいた」

「そんなはずはありません。上諏訪へいっていれば、それが記入してあります」

「六月二十六日の午後二時ごろ、あなたは北澤美術館近くの信号を湖畔公園のほうへ渡った」

「そんな。私には上諏訪へいく用事なんてありません」

「あなたが、諏訪公園を、ある女性と手をつないで、片倉館のほうへ歩いていくのを、見ていた人がいるんです」

「人ちがいです」

「手をつないで歩いていた女性がだれだったかが分かると、都合の悪いことになるので、人ちがいだなんていっているんでしょ。あなたが手をにぎっていた女性は、古屋未砂子さんだ。七月八日に、湖畔の貸し家で殺された人だ。あなたは未砂子さんと付合っていたんだね」

上条は額に手をあてたり顎を撫《な》でたりした。

道原はもう一度、古屋未砂子と付合っていたかをきいた。

上条は小さい声で未砂子と交際していたことを認めた。

「未砂子さんとは、いつから親しくしていたんですか」

「一年ほど前からです」

「どういうきっかけで知り合いになったんですか」

「以前、楽団員の一人だった女性に紹介されました。未砂子さんは、音楽教室経営を計画していました。それについてはどういうことが必要なのかを、ききにおいでになりました」

「あなたに未砂子さんを紹介したのは、サキソフォン奏者の船岡朋子さんでしょ」

上条は俯《うつむ》いていた顔を上げた。刑事はそんなことまで知っているのかといっているようだった。

「船岡さんです」

「どんな事業をやるにも先立つものは資金だ。音楽教室の規模にもよるが、その資金をどうするのかを、あなたは未砂子さんにきいたでしょうね」

「何度か会ううちに……」

上条は消え入りそうな声で答えた。答えにくいことだったようだ。

道原は、伸ばした髪をうるさそうに掻《か》き上げるピアニストをしばらく観察した。この男は、未砂子に好意を持ち、やがて深い関係になったのではなく、彼女に経済的能力があることを何度か会ううちに見抜いたのではないか。もしかしたら高額の現金を自宅に置いていることまで知ったのではないか。

ドアにノックがあった。事務員の女性が顔をのぞかせた。上条は首でうなずくと、

「来客ですので、ちょっと」

といって部屋を出ていった。

吉村は鞄から手袋を出してはめると、上条がすわっていた椅子に目を近づけ、毛髪を拾い、それを封筒に収めた。

上条は十分ほどで応接室へもどってきた。

「楽団員との打ち合わせがありますので」

出掛けるのだといった。

道原たちは立ち上がった。

署にもどらず諏訪署へ駆けつけた。イデシンフォニーの応接室で拾った上条圭介の毛髪を鑑識係へ提供した。古屋未砂子が殺されていた貸し家から拾った試料との照合だ。

ふたたびイデシンフォニーの事務所へ立ち寄った。小柄の事務員は目を細めて二人の刑事を迎え、上条は応接室にいるといった。だれかと会っているのかときくと、

「お独りです」

といった。

道原たちはドアをノックして部屋へ入った。上条は壁に架かっている坂東淡味の絵を背にしていた。入ってきたのが刑事だったので不快を顔にあらわした。

「あなたは古屋未砂子さんと特別な関係になったが、なにか目的でもあったんじゃないかと気付いたので、もどってきたんです」

上条が椅子に腰掛けたので、道原たちも彼の正面へすわった。

「目的なんて。私は彼女を好きになったので付合っていたんです」

「自宅にはしっかりした奥さんがいて、子どもさんが二人いる。……以前はピアニストの相沢美紀さんとも付合っていた」

上条は体裁が悪くなったのか横を向いた。

道原はポケットからノートを取り出したが、ノートを見ずに上条の表情を観察した。

「相沢美紀さんは、八月八日の夜、諏訪湖の釜口水門近くで亡くなり、次の日の朝発見された。八日の夜、水門の近くで相沢さんに会っていたのは、あなたじゃないのか」

「八日の夜は、丸の内ホールでの演奏会に出ていました。午後五時ごろから十時ごろまでホールにいました」

「それは、ノートに書いてあるんですね」

刑事の言葉が皮肉にきこえてか、上条は口をゆがめた。

「以前、お付合いしていた人が亡くなった。病気などでなく、湖で水死体で発見された。どんなお気持ちですか」

上条はその質問には答えず、二人の刑事にぎょろりとした目を向けた。

「私たちは、相沢美紀さんの死を、他殺の可能性もあるとみています。……あなたとお付合いしていた女性が二人、変死と他殺体で見つかった。演奏には影響しないんですか」

「私は、事故にも事件にも関係ありません」

上条は眉を吊り上げ、戸を閉めるようないいかたをした。

道原のケータイが鳴った。諏訪署の刑事課からの連絡だった。

「先ほど提供された毛髪との照合結果が出ました。湖畔の貸し家から採取した試料と一致するものはありませんでした」

つまり、上条圭介が貸し家に入った痕跡《こんせき》は認められないということだった。

道原は、上条と古屋未砂子は、湖畔の貸し家をラブホテルがわりに利用していたのではとみていたが、その推測はあたっていなかったようだ。

3

ニーロの散歩からもどった比呂子は、台所から仔猫のトンビを呼んだ。声を張り上げて呼ぶがトンビは出てこなかった。どこにいるのかと彼女はいって一階だけでなく二階までいって名を呼んだがトンビは見つからない。

「外へ出ていったのかしら」

比呂子は心配顔をした。

「猫は魔物といって、姿を消すことがあるんだ」

道原がいった。

「そんな……」

比呂子と康代は顔を見合わせて笑った。

「いたっ」

比呂子は玄関で大きい声を出した。トンビは玄関の靴箱のなかで眠っていたという。

彼女はトンビを抱いてきて、

「眠ってばっかり」

といった。

「猫は眠る動物なんだ。ライオンは一日に二十時間眠っているらしい」

「眠ってばかりで、面白くない」

比呂子は、じゃれて遊んで欲しいらしく、細いロープを持ってきて床へ這《は》わせた。

トンビは赤いロープを見ていたが、急に前脚を上げロープに飛びかかった。

道原が出勤するとシマコがお茶を持ってきた。

「きのう帰りに、たけのこ園へ寄ったんです」

シマコは智則のようすを見にいったのだ。すると智則は壁によりかかって絵を描いていたという。

なにを描いているのかすぐには分からなかったが、自動車らしきものを描いたので、それは道路の交叉点だと分かった。智則は犬や猫や鳥などの動物は描かなかった。この前はお城の石垣らしいものを描いていた。豚を描いていたことがあったが、なぜ最近は動物を描かないのか道原には理解できない。

「智則君は、何年か後には、世間が目を瞠《みは》るような絵を描く人になるんじゃないでしょうか」

「血筋だろうな」

道原はこの前と同じことをいった。

三船課長は出勤するとシマコがいれたお茶を一口飲んで、道原の席へやってきた。

「例の三人は、ドルフィンの客だったね」

課長は腕組みをしていった。

例の三人というのは、水森雄一郎、柴崎貞夫、明田川弘久のことだ。

「三人はときどき会って、密談をしていたんじゃないか」

「考えられます」

道原は相槌《あいづち》を打った。吉村が席を立って、課長の横に並んだ。

「私はこんなふうに考えたんだ。……相沢美紀は生活の足しにするために、ドルフィンでアルバイトをしていた。そこへ明田川が飲みにきて、彼女を気に入った。彼女と話をしているうち、美紀は古屋智則の自宅へいってピアノを教えているのを知った。それを知ったときには彼は目の色を変えたと思う。彼は美紀に、古屋未砂子には隠している物があるらしい。なにを隠しているのかを、未砂子の目を盗んでさがしあててくれとでもいったんじゃないか」

「美紀は、明田川には黒い魂胆があるのを知ったでしょうが、隠している物に興味を持って、屋内をさぐったでしょうか」

道原は、未砂子の目を盗んで、抜き足差し足で部屋のなかを見てまわる女の姿を想像した。

「もしかしたら美紀は、未砂子のベッドの下に押し込まれていた大型トランクを見つけたかもしれない。だがトランクには鍵が掛かっていて、中身はなんだか分からなかった。ただ、トランクはずしりと重かった。鍵を掛けているということは大事な物を収めていると考えたとき、現金ではないかと気付いた。現金だとしたら、どうやって手に入れたのかを想像しただろう。多額の現金を自宅に置いているのは、それは不正手段によって手に入れたので、預金もできないし、有価証券に変えることもできないのではと推測した」

課長は自分の想像を楽しんでいるような話しかたをした。

「トランクの中身が重いことを、美紀は明田川に話したでしょうか」

道原は長身で男前の明田川を思い浮かべた。

「どうだろう。トランクの中身をたしかめるまでは話さなかった……」

課長は口をつぐんだ。自分の席へもどろうとしたのかからだの向きを変えると、

「伝さん。明田川と水森と柴崎の、八月八日の夜のアリバイを確かめてくれ。明田川

だけじゃなくて水森と柴崎は、美紀から重いトランクが未砂子の自宅にあるのをきいたことが考えられる。三人の男たちには、重いトランクときいただけで、中身は現金だと気付いたんじゃないかな」

重いトランクを奪うために、持ち主の未砂子を殺し、トランクの在《あ》り処《か》を教えた美紀を、危険な存在だとして抹殺したのでは、と独り言のように話した。課長はなお、古屋未砂子が殺された七月八日の三人のアリバイ確認も重要だといった。

「調べましょう」

道原はノートをポケットに入れて立ち上がり、吉村を促した。

まず向かったのは、松本空港近くの工業団地内のカメラの部品製造会社。水森雄一郎の勤務先だ。そこの事務室で水森の上司である役員に事情を話して、古屋未砂子が殺された七月八日、水森は出勤していたかを確認してもらった。

水森はいつもどおり出勤していた。

「工作機械の修理や調整を担当していますが、ソツのない仕事をする真面目な男です」

役員はそういってから、七月八日はなにがあった日かときいた。

「ある事件が発生した日ですが、念のためにうかがっただけです。それから、水森さんは残業というか、夜間も作業に就いていることがありますか」

道原がきくと、機械の修理や調整はラインの作業が終了してから行う場合が多いので、午後八時か九時ごろまで居残っている日があるという。それではと道原はいって、八月八日の夜はどうだったかをきいた。

役員は記録を調べた。

「八月八日は、新しい機械が入りましたので、その調整を夜間に行いました。調整作業が終ったのは午後九時半でした」

道原と吉村は、丁重に礼をいって会社をあとにした。

次に、諏訪市の湖東病院で事務長を患者の待合室の隅へ呼び出した。五十歳ぐらいの事務長は扁平な顔に縁なしメガネを掛けていた。

七月八日と八月八日、明田川弘久は出勤していたかを道原がきいた。

「なにがあった日ですか」

事務長はメガネを光らせた。

「重大事件があった日ですので念のために」

事務長は確認してくるといって事務局へ入り、五分ぐらいして出てきた。

「七月八日も八月八日も明田川は、終業時間まで局内にいました。……刑事さん、重大事件というのは、この近くの貸し家で、女性が殺された事件ではありませんか」

事務長はきいたが、道原は首を振って、失礼なことをきいて悪かったと頭を下げた。

三人目は、岡谷市中心部の焼肉店に勤めている柴崎貞夫の出勤確認だ。道原と吉村は一度彼に会っているので、店へ電話して経営者か店長を外へ呼び出すことにした。

店から百メートルほどはなれたところへ車をとめた。電話で店長を呼び、至急ききたいことがあるのでと告げた。

脱いだ白衣を抱えて車にやってきたのは六十代に見える経営者。その人に、七月八日と八月八日に柴崎は出勤していたかを確認したいのだが分かるかといった。

「うちの店には従業員が四人います。出勤簿には店に出てきた時刻と帰りの時刻を記入していますので、それを見てまいります」

経営者はそういって店にもどり、十四、五分後にメモを手にしてやってきた。

柴崎の出勤は午前十時十分。仕事を終えたのは二日とも午後九時となっていた。

「柴崎は以前は自分で店をやっていた男です。酒好きですが、からだは丈夫で、一年のうち休むのは一日か二日ぐらいです。なにか疑わしいことでもあるんですか」

経営者は、髪の薄くなった頭に手をやって心配顔をした。

この人にも道原は、ある事件に関係していないかの確認をしているだけだといった。

経営者は納得できないらしく、首をかしげて道路の端に立っていた。

4

古屋未砂子が大金を持っているのを最初に知ったのはだれなのか。

道原と吉村は向かい合った。

「最初に知ったというか、一億五千万円を現金で渡したのは、彼女の夫だった古屋竹男です。彼はだれかにそのことを喋《しゃべ》ったんじゃないでしょうか。私たちが彼に会いにいったときの竹男は、未砂子が自宅に現金を置いていたのを知らなかったようなことをいっていました。離婚の慰謝料として一億五千万円を渡したことは憶えているが、未砂子は株でも買ったのではと思っていたといいました。ですが彼は未砂子が、古屋家から受け取った現金を遣わず、自宅に置いているのを知っていたのでは。……彼女は塩尻市の農家からブドウ園を買い取りたいという計画を妹の沙矢香に話していましたが、竹男にもその計画を話していたということも考えられます。慰謝料を現金で受け取りたいと希望したのは未砂子です。それをきいたとき竹男は、なにかに遣うのかときいたと思います」

未砂子は気が変わってか農園を買わなかった。そのことも竹男は知っていたのではないか、と吉村はいった。

未砂子が現金で慰謝料を受け取ったことを知っているのは、竹男とその両親と兄だろう。

「竹男にもう一度会ってみようか」

道原がいうと、吉村は拳をにぎってうなずいた。

道原と吉村の乗った車は、青い諏訪湖を左手に見て茅野へ向かった。

古屋竹男が勤めている諏訪精密機械の門からは黒い乗用車が二台出てきた。その二台を見送った人が五、六人事務棟の前に立っていた。そのなかに四角張った顔の竹男がいた。道原たちは、竹男に応接室へ招かれた。きょうの応接室にはヒマワリとキキョウの花が活けられていた。

道原たちが竹男と向かい合って椅子に腰掛けたとき、終業のベルが小さくきこえた。

「同じことを何度もうかがいます」

道原が切り出すと、竹男は上目遣いをした。この男は資産家の息子だが、どことなく卑屈にみえるところがある。女性関係が原因で離婚した。妻だった未砂子が無惨な殺されかたをした。それを知っている人は社内にも大勢いそうだ。なので肩身の狭い思いをしているのか。

「未砂子さんは、あなたや、あなたのご両親から受け取った大金を、自宅に置いていた。そのことをだれかに話した。だれに話したんですか。きょうはどうしてもそれをききたいんです」

「この前もいいましたが、そのことを他人に話したことは……」

竹男はそういうと額に平手をあてた。たいていの人が困ったときにとるポーズだ。

「あなたは、松本の裏町通りにあるドルフィンという店へいったことがありますか」

「何度かあります。松本に住んでいる友だちがたびたびいっている店ということで、連れていってもらったのが最初でした」

「では、あなたはドルフィンの常連ですね」

「常連というほどでは」

「あなたは酒が強いほうですか」

「好きですが、強いほうではありません」

いつもなにを飲むのかをきくと、最初ワインを二杯ぐらい飲んで、そのあとはウィスキーの水割りだと答えた。

道原は、竹男と酒の話をしているうちにある男を思い付いた。それは竹男が知っているにちがいない男だった。彼は、「またお邪魔します」といって立ち上がった。竹男は、解放されたと思ってか四角い顔をやわらかくした。

街の灯りを映している諏訪湖を通りすぎたところで、道原はドルフィンへ電話した。男が応じた。白い顔の井川義一だ。

道原は井川に、古屋竹男を知っているかときいた。

「知っています。最近はお見えになりませんが、一年ぐらい前までは何回も」

「古屋竹男さんの席には、だれがついていましたか」

「主にあまりです」

「古屋さんは、あまりさんを気に入っていたようでしたか」

「そのようでした。一緒に食事をしたこともあったようです」

道原は、忙しいところをすまなかったといって電話を切った。が、思い付いたことがあってふたたび電話した。あした会いたいが、都合のよいのは何時かときいた。

「午後三時すぎでしたら」

彼は午前中は寝ているのだろう。

「では、午後三時半に」

ドルフィンへいくと道原はいった。

古屋未砂子が殺されて一か月以上たっているが、捜査には進展がみられない。三船課長は、

「諏訪署は、犯人像さえもつかんでいないらしい」

と、小言のように口をとがらせて刑事課を出ていった。

道原と吉村は、午後三時半にドルフィンの白いドアを開けた。店のなかには昨夜のタバコと酒の匂いが残っていた。カウンターを拭《ふ》いていた井川は、「いらっしゃい」と、客を迎えるようにいって、白い顔をにこりとさせた。

道原は、この店のホステスでは最も長く勤めているという柿ノ木あまりについて井川から話をきくことにした。あまりは面長の長身だ。店で着るドレスがよく似合っている。

「あまりさんは本名ですか」

道原は井川の濃い眉《まゆ》を見てきいた。

「本名です」

現在三十一歳で、ドルフィンには六年勤めているという。

「彼女は秋田市の出身です。高校生のとき、母親が病気で亡くなったそうです」

井川はそういってから、ビールでも飲むかと二人の刑事にいった。

「いや。勤務中ですから」

道原がいうと、井川は二人の前へ水のグラスを置いた。

「あまりさんは、松本へはどういう縁があって住むようになったんですか」

「父親が松本にいるんです。父親は愛人ができて、家を出てしまったそうです。松本の学習塾が講師を募っているのを知って、秋田からやってきて学習塾へ就職したということです。秋田にいるときも塾の講師をしていたようです」

母親を失ったあまりは、父親を頼って松本へやってきた。彼女は一人っ子だった。

松本では住み込みで料理屋に勤めていたが、酒場のほうが収入が多いとみて、ホステスを募集していたドルフィンで働くことになって、アパートを借りた。

客のなかには好意を寄せて口説いた人もいたらしいが、彼女はそれを上手にさばいていたようだった。

「明田川弘久さんとは、親しそうですが」

「馬が合ったということでしょうが、一緒に食事をして、同伴出勤することがあります」

二人は深い関係かときくと、それはどうかと井川は首をかしげた。

あまりは、明田川に誘われて一緒に食事をし、そして店へ一緒に出る。ただそれだけの間柄なのか。

道原はあまりの素性がどうなのかを知りたくなった。それは長年の刑事の勘である。赤やピンクのドレスを着こなしているあまりだが、その内側にはなにか暗いものを隠し持っているようにみえるのだった。

井川に礼をいってドルフィンを出ると道原は、

「秋田へいくぞ」

と、吉村にいった。

「松本へくる前のあまり……」

吉村はつぶやいた。

署へもどると、市役所へ柿ノ木あまりの住民登録を照会した。該当があった。彼女は八年前まで秋田市雄和下黒瀬《ゆうわしもくろせ》に住んでいたことになっている。

吉村は、長野から北陸新幹線で大宮へ、そこから東北新幹線と秋田新幹線を乗り継いでゆく時刻を調べた。長野を午前七時台の列車に乗ると午後一時前には秋田へ到着できることが分かった。

三船課長は、道原と吉村の会話をきいて不機嫌そうな顔をしたが、感想も小言もいわなかった。

道原は秋田へ何度かいっているが、吉村はいったことがないという。

「二年ぐらい前でした。秋田市の人に電話をしたことがありましたが、その人の言葉には強い訛《なまり》がありました」

道原と吉村は次の日の早朝、長野から北陸新幹線に乗り、きのう吉村が調べたとおりの時刻に秋田に着いた。大宮では満席に近い状態だったが、終着駅に着いたときは半分ぐらいが空席になっていた。

レンタカーを調達し、雄和下黒瀬へのいきかたをきいた。そこは雄物《おもの》川の左岸で秋田駅からは南へ二十キロほどだろうと教えられた。

市街地を抜けると建物が低くなり、やがて田園風景が両側に広がった。

農作業をしている人や、歩いている人に尋ねて、かつて柿ノ木という名字の家族が住んでいた家をさがしあてた。そこは二階建ての小ぢんまりとした貸し家だった。家主はすぐ近くの三浦《みうら》という農家で、陽焼け顔の夫婦が、あまりと両親をよく憶えているといった。

「長野県松本の刑事さん。いったいなにがあったんですか」

主人が丸い目をしてきいた。言葉には特有の訛があった。

「あまりさんは、現在松本に住んでいます。彼女のお父さんも松本に住んでいるようです」

道原がいった。

「お父さんは背が高くて、いい顔立ちでした。あまりさんはお父さん似で、この辺ではいちばん背の高い女の子でした。……十年ぐらい、いや、もっと前だったか、進次《しんじ》郎《ろう》さんというあまりさんのお父さんはいなくなりました。近所の人の話だといい女の人が出来て、その人のところへいってしまったということでした」

「進次郎さんはなにをしていた人でしたか」

「学習塾の先生をしているときいた憶えがあります。どこの塾なのかは知りません。たぶん秋田の中心地の塾だと思います。いい男でしたから女の人にモテたんでしょうね」

「進次郎さんとお話をなさったことは」

「ありません。道で会えば、挨拶《あいさつ》をしただけでした」

「あまりさんのお母さんは、どんな人でしたか」

「春江《はるえ》さんという名で、おとなしくて、愛想のいい人でした。どこかに勤めていたらしくて、軽自動車を運転して出掛けていましたけど、あまりさんが中学のときだったか、病気になって、勤めを休んでいました」

妻が答えた。

「病気は重かったのですか」

「乳癌で、手術を受けたんです。回復が遅かったのか手術を受けたあと体調が悪かったらしく、勤めを辞めて、ほとんど毎日、寝ているようでした。……あまりさんは高校生になりましたけど、春江さんはその入学式にいけなかったんです。春江さんは毎朝、あまりさんを学校へ送り出すと、床に臥《ふ》せていたようでした」

妻はそこまで話すと、顔を曇らせて下を向いた。話しづらいことでも思い出したようだった。

道原は黙って、彼女の口が開くのを待った。

主人も妻も五分ばかり黙っていたが、妻が小さな咳《せき》払いをして話しはじめた。

「あまりさんが高校三年生のときの正月の三日か四日でした。雪の降る日がつづいていました。柿ノ木さんの家は雪かきをする人がいないので、玄関の前は戸が開かないほど雪が積もっていました。それを見たので、わたしが玄関の前の雪をかいて家のなかへ声を掛けました。春江さんの小さな声がきこえたので、家のなかへ入りました。元旦に春江さんは布団にもぐったままでした。春江さんはどうしたのかをきくと、なにも食べず出掛けたきり帰ってこないといったんです。あまりさんは三日も四日も、なにも食べずに寝ていたんです。……わたしはお粥《かゆ》をつくって、春江さんに食べさせましたけど、春江さんは盃一杯ぐらいしか食べられませんでした。そのとき春江さんにききましたけど、あまりさんはときどき帰ってこない日があるということでした。……次の日に春江さんのようすを見にいくと、あまりさんがいました。お節介のようでしたけど、わたしはあまりさんを叱りました」

「あまりさんは、奥さんのいうことをききましたか」

「黙って下を向いていただけでした」

二月の雪の降る日の夕方、あまりが三浦家へやってきた。蒼《あお》い顔をしていたので、なにか異変があったのだなと夫婦は勘付いた。

あまりは土間に立って、蚊の鳴くような声で、『母が死にました』といった。三浦夫婦は仰天したが、『お医者さんを呼ばなくては』といって近くの医院へ電話した。話をきいた医師は、『亡くなっているのなら私じゃなくて、警察だ』といった。秋田市内にいる春江の弟夫婦がやってきた。進次郎もやってきた。あまりは父親の居所を知っていたようだった。

葬儀はしなかった。

その後、あまりは独りで住んでいた。高校を卒業すると、母親が使っていた軽乗用車で毎朝出掛けるようになった。どこに勤めているのかを三浦の妻がきくと、十キロほどはなれた製パン工場に就職していると答えた。

製パン工場には五年間ほど勤めていたが、ある日、あまりは三浦家を訪ねて、東京へいくことにしたので、家を解約するといった。

東京には知り合いの人でもいるのかときくと、就職先を決めたのでと彼女は答えた。東京へいって落着いたら知らせてというと、あまりはそうするといってにこりとした。

「そのときのあまりさんの笑顔を憶えています」

妻は、涙ぐんだ目に指をあてた。あまりははたして東京へいったのか、その後なんの連絡もないという。

「あまりさんは、松本に住んでいます。お父さんが松本にいるようですので、彼女はお父さんを頼っていったのではないでしょうか」

「わたしには、東京へいくっていいました。お父さんのいる松本へいくっていってもいいのに」

妻は頬をふくらませた。

「いったんは東京へいったのかもしれません。松本へは八年ほど前にきて、料理屋へ勤めていたようです」

「いまは料理屋じゃないんですか」

「松本の繁華街のバーで働いています」

「お酒を飲ませるところですね」

妻はそういう場所が好きでないのか、眉を寄せた。

道原は、あまりの父親の進次郎が、どのような暮らしをしているのかを調べるつもりである。

5

柿ノ木進次郎は、長野自動車道の松本インターに近いマンションに住んでいた。彼は五十八歳だ。公簿を見て分かったが、亀島澄子《かめじますみこ》という五十四歳の女性と同居している。

進次郎は、松本市中条《なかじょう》の進学塾で講師をしている。彼は雨天でないかぎり、住居近くの公園で十五分か二十分体操をすることが知られている。背の高い好男子で、おしゃれでもあるといわれている。

亀島澄子は松本市の中心街である城の近くで、美容院を経営している。二人とも乗用車を持っていて、それを運転して通っていることが、マンションの家主に知られていた。

進次郎はどんな人かを、道原はマンションの家主にきいた。

「親しく話をしたことはありませんが、道で会えばにこっとして頭を下げます。いつもきちんとした服装をしていて、実際の歳よりいくつか若く見えます。マンションには十年ぐらい前に入居しました。夫婦かと思っていたら、名字がちがっていました、夫婦同然の暮らしかたをしていますが、たぶん二人には人にいえない事情でもあるんじゃないでしょうか」

「柿ノ木さんは十五、六年前に、秋田から松本へきたようです。それはご存じでしたか」

「秋田から……。それは知りません。十五、六年前というと、四十代のとき。秋田には家族がいたのではありませんか」

「そうですね」

道原は進次郎の秋田での暮らしは話さないことにした。

進次郎たちのところへ訪ねてくる人はいそうかときいた。あまりが出入りしているのではないかと思ったからだ。しかし家主は、訪ねてきた人を見たことはないといった。

亀島澄子と話したことがあるかときくと、

「お城の近くで美容院をやっていることは、ご本人の話で知りましたけど、そのほかは話したことはありません。黒い車を持っていて、洗ったり磨いたりしているところを見たことがあります。どちらかというと無愛想な感じがします」

美容院の名は「サロン・ド・スミエ」だという。

その美容院を道原たちは見にいった。店は大名町《だいみょうちょう》通りのビルの一階にあった。一等地である。ピンクのシャツを着た若い女性が二人いるのがガラス越しに見えた。従業員だ。亀島澄子がどんな人かを見たくて、三十分ぐらい車のなかから店をにらんでいるが姿をあらわさなかった。

「あまりは、この店の客かもしれませんね」

吉村だ。

「そうか。水商売だから髪には気を遣う。ちょくちょくここへきているかもな」

「あまりは、父親とはうまくいっているんでしょうか」

吉村は、重い病気にかかって死んだという春江を思い浮かべたのではないか。あまりは、まるで不良のような素行の高校生だった。春江は落着きのないあまりを、憾《うら》んで死んだような気がする。

「進次郎は、春江とあまりを置いて家を出ていって愛人と暮らしはじめた。その愛人は亀島澄子だったんでしょうね。妻子を棄てていった進次郎は、生活費を春江に送っていたでしょうか」

「あまりは高校を卒業することができたようだから、進次郎からの仕送りがあったんだろうな」

道原は吉村の横顔にいった。吉村は、秋田の三浦家の夫婦の話を思い返しているらしかった。雪が降りつづいている正月、あまりは何日間も家へ帰ってこなかった。重い病気を背負った春江はその間、なにも食べずに布団にもぐっていたという。

「あまりは、冷酷な性格の女じゃないでしょうか」

吉村は、美容院にじっと目を向けている。茶色の髪をした若い女性が店を出ていった。入れ替わるように大柄な女性が店へ入っていった。

「冷酷なのは、親譲りなんじゃないか」

「そうか。父親の進次郎は、からだの弱い妻と一人娘を棄てて、愛人のもとへ走った」

道原は、日曜日にあまりの行動を調べることを思い立った。

店が休みの日曜日は、いつもより遅く起きるのか。天気がよければ布団を干すのか。洗濯機をまわして、食事をつくるのか。テレビを観ながら食事をし、また布団にごろりと横になっているような気もするが、買い物に出掛けることもあるだろう。映画を観たり、音楽を鑑賞する趣味があるのだろうか。本をじっくり読むという習慣はどうなのか。

署へもどる途中、たけのこ園を思い付いて立ち寄ることにした。

「こんにちは」

体格のいい職員は明るい声で道原たちを迎えたが、すぐに顔を曇らせた。

「ゆうべ智則ちゃんは熱を出しました。夕ご飯を少し残しました。具合がよくなさそうだったので、早めに寝かせましたけど、お母さんを思い出して、泣きはじめたんです。お母さんを思い出して泣くと、わたしたちがなにをいっても泣きやみません」

母を失って一か月あまりがすぎた。智則には母が死亡したという実感がないのではないか。ときどき母の肌を思い出し、手を触れてもらえない寂しさに襲われて、泣くのだろう。

彼はきょうも絵を描いているのではと予想していたが、体調がすぐれないのか壁に寄りかかって、ほかの子どもたちの遊びをぼんやり眺めていた。叔母の宮坂沙矢香は、智則を引き取って一緒に暮らそうかと考えているようだが、踏んぎりがつかないらしい。

道原は虚《うつ》ろな目をした智則に声を掛けた。彼は道原をちらりと見たが表情を動かさなかった。

道原は智則の頭に手をのせた。それでも彼は前を向いているだけだった。

道原はシャツのポケットから、秋田でお守りに買った小さななまはげをつかみ出した。赤くて四角い顔に角《つの》を生やしている。目玉は飛び出して大きく、裂けた口からは金色の牙をむき出している。

それを智則の手の平にのせた。

「恐い顔だろう」

道原はいった。智則はなにもいわずなんだこれはという顔をして、なまはげをにらむように見ていた。しばらく見つめていたが、もぞもぞと動くと立って、奥へ走っていった。色エンピツと画用紙を持ってきた。赤いなまはげを描くらしい。

道原は正面から智則の顔に目を向けた。智則の瞳は輝いている。彼は牙をむいた顔をどう描こうかを考えているにちがいなかった。

「これを描いたら、見せてね」

道原は立ち上がった。その彼を智則は見上げた。そばにもっといて欲しいのか、目は涙をためていた。

第六章　黒い落日

1

日曜の午前十時から、道原と吉村とシマコは、あがたの森公園近くのアパートを車で張り込んだ。柿ノ木あまりが外出したら尾行することにしている。

あまりの部屋は二階の東から二番目だ。その部屋の窓にはコーヒーのような色のカーテンが張られている。三人は車内から濃茶色の窓をにらんだ。きょうは好天だ。気温二十九度。

午前十一時五分、カーテンが波打つように揺れ、右の端に寄せられ、ガラス窓が開いた。開けたのはあまりだ。薄く茶色に染めた長めの髪に手を入れて、搔《か》きまわすような手つきをした。たったいま起床したらしく、両手を広げたり天井に向けたりしていたが、水色のタオルケットを広げて干した。

午前十一時四十分、ハンガーに吊った洗濯物を窓辺に干した。それは肌着だった。ストッキングが微風にひらひらとなびいた。

「彼女だけのようですね」

一緒に寝ていた人はいないらしいと吉村がいった。あまりは、たとえば恋人を自宅に招んだりはしない人なのか。

あまりは、いっぱいに開けた窓辺へ白いカバーの枕を干した。それは大型に見えた。

午後一時十分、あまりは窓を半分ほど閉めた。

シマコが、コンビニからにぎり飯を五つとクリームパン一つと冷たいお茶を買ってきた。道原と吉村はにぎり飯を二つ食べた。クリームパンは吉村。

午後二時四十分、シマコがあくびをした口をおさえたとき、あまりが洗濯物とタオルケットと枕を取り込んだ。

「まだよく乾いていないのに」

シマコがよけいな心配をした。窓が閉まった。

「出掛けるらしいぞ」

道原がいい、車をアパートの出入口が見える位置へ移動させた。

十五分後、あまりが道路へ出てきた。鍔《つば》のある白い帽子をかぶっている。紺の半袖《はんそで》シャツに白っぽいパンツで、手にはミカンのような色の布袋を提げていた。

「車か、歩きか」

彼女は北へ百メートルほど歩くと、あがたの森通りへ出た。この道路は松本駅に通じている。市の美術館や市民芸術館も道路沿いにある。

道原とシマコが車を降り、四、五メートル先を歩くあまりを追った。彼女は道路沿いの店をのぞくらしく、姿が見えなくなることがあった。銀行の正面の自販機で飲み物を買うと、それをちょくちょく口に傾けながら歩いた。

健康の心がけか、あまりは一・五キロぐらいを歩いて駅のエスカレーターに乗った。

「電車に乗るのかしら」

シマコがつぶやいて、あまりとの距離を縮めた。

あまりは駅ビルのデパートへ入り、弁当売り場の前で足をとめた。スマホを耳にあてた。どうやら電話を受けたようだ。

会話は短かった。彼女はガラスケースのなかを見ている。品選びをしているらしい。

「あっ、二つ買った」

紙袋に入れた弁当を店員から受け取ると、それをオレンジ色の布製バッグに収めた。すぐ近くのエスカレーターに乗って四階へ上がったところで、道原とシマコはあまりを見失った。トイレに入ったのではとみて待っていたが出てこなかった。

「マカれた」

道原は舌打ちした。

「気付かれたのかしら」

シマコは口をとがらせた。

「気付いてはいないようだった」

弁当を買うためだけにここへやってきたとは思えなかった。

「電車に乗るんじゃないか」

道原とシマコはエスカレーターを駆け下り、身分証で改札を通った。ホームではベルが鳴っていた。中央本線か篠ノ井線か大糸線か区別がつかなかった。塩尻方面へゆく列車がホームをはなれていった。

改札の内側に二十分ほど立っていたが、あまりの姿を見つけることはできなかった。

駅前のバス乗り場の端にとめた車の脇に吉村が立っていた。

三人は車内で、あまりの行動を振り返った。

「彼女は電車に乗ったと思います。わたしたちの尾行には気付いていないようでしたけど、知っている人に見られたくないので、警戒はしているようでした」

シマコだ。

「弁当を二つ買った。それはだれかと一緒に摂る夕食にちがいない」

道原はあまりが弁当コーナーのガラスケースを見ていた姿を思い出した。

「だれかと会うのに時間がたっぷりあったので、駅へは歩いていったんでしょうね」

吉村は、長身のあまりの姿を目に浮かべているようだった。


次週の日曜日、三人は朝からあまりの行動を監視することにしていた。

きのうの夕方から降りはじめた雨は、けさ夜明け前にやんだ、長時間、地面を濡《ぬ》らしたからか、けさは晴れているのに涼しかった。蒼《あお》く澄んだ空を白い雲が東へ流れてちぎれて消えていく。秋がすぐ近くまでやってきているような空である。

きょうのあまりは午前十一時五分に、ハンガーに吊った洗濯物を窓辺に干した。そして大型の枕を手すりに立てかけた。

午後二時きっかりに洗濯物を取り込み、窓を閉め、コーヒーのような色のカーテンを張った。

「お出掛けです」

シマコがお茶のボトルを振った。

きょうはシマコを車に残した。

午後二時十五分、あまりは部屋を出てきた。白地に横縞《よこじま》の半袖シャツに紺か黒のパンツ姿、この前と同じ白い帽子をかぶり、オレンジ色の布袋を持っている。

あまりはきょうもあがたの森通りを松本駅方向へ歩いた。踵《かかと》の低い靴を履いている。長身だし姿勢がいい。

「目立つ女ですね」

吉村は彼女の背中を見ていった。

あまりは並んでいる店をのぞかず、自販機の物も買わず、前を向いて歩いた。先週と同じで、松本駅ビルに着くとエスカレーターに乗り、デパートに入った。そして意外なコーナーでそこの店員と会話した。男性の下着売り場だ。

彼女が買った物が分かった。白のTシャツ二着である。店員が包んだ物を布袋に収めると、先週と同じ弁当コーナーのガラスケースをのぞいて、弁当を二つ買い、それも袋に入れた。

電話を受けたらしくスマホを耳にあて、短い会話で切った。

駅に入ると中央本線のホームへ下り、上りホームに停車している電車に乗った。道原たちもその電車に乗り、はなれた席から彼女を監視した。

塩尻方面に向かう電車は三、四分後に発車した。

あまりは買った物を入れた布袋を膝《ひざ》にのせて、目を瞑《つむ》った。小さなピアスが光り、赤と黒の玉をつないだネックレスがシャツの上に垂れている。

約三十分。彼女は下諏訪で電車を降りた。駅舎内でメガネを掛けた色白の男が彼女を待っていた。二人は寄り添った。キスをするのではと思うくらい顔を近づけた。

「見たことのある男だ」

道原は思わずつぶやいた。

「見憶えがあります。だれだったか」

吉村はじれて地団駄を踏んだ。

あまりと男は肩を並べて駅舎を出ていった。二人の背は同じぐらいの高さだ。駅前の道路を右折した。諏訪神社下社秋宮脇の緩い坂道を登った。二人のほかに歩いている人はいなかった。二百メートルほど登るとホテルが現われた。最近出現したホテルらしい。二人は慣れているような足取りでそこへ吸い込まれていった。

道原と吉村は坂を下って秋宮の境内に入り、社殿の前で合掌した。

「思い出した」

二人は同時にいって顔を見合わせた。

あまりと一緒にホテルに入った男は、茅野市の大谷衣料の社員で、デザイン担当の川端信吾だった。道原たちは川端に一度会っている。それは一か月ほど前で、諏訪湖畔のかりん荘を知っているかときいたのだった。古屋未砂子が不幸な目に遭ったところだ。すると川端は、去年の八月に諏訪湖の花火大会を何人かの同僚とともに見にいき、かりん荘に泊まることにして、酒を飲んだことを語っていた。

道原は、川端の電話番号をきいている。が、いま電話をしたら、彼は飛び上がるほど驚くだろう。

かりん荘の玄関の鍵は大谷衣料の小町という女性社員があずかっているが、彼女の席の近くのボードに吊っているだけで、その管理は杜撰《ずさん》らしい。

「あした川端を、諏訪署へ引っ張ろう」

道原は諏訪署の志高《しだか》刑事に電話した。日曜だから自宅にでもいるのだろうと思ったが、署へ出勤しているといった。

大谷衣料には川端信吾という社員がいる。川端は湖畔のかりん荘を使用したことがある。彼は、松本のドルフィンというバーのホステスの柿ノ木あまりと親密な関係で、目下二人は下諏訪町のホテルへ入っている。あまりは、かりん荘内で殺された古屋未砂子の事件にからんでいるのではと思われる点があったので、出身地の秋田市での暮らしぶりと環境を調べてきた、と話した。

志高は、「それはご苦労様でした」といって、あしたの朝、大谷衣料に出勤した川端信吾をつかまえてきて、署で事情をきくことにするといった。

2

翌朝、道原と吉村は諏訪署の刑事課で、森山課長と志高に、川端信吾と柿ノ木あまりの関係を話した。

志高は同年配の刑事と茅野市の大谷衣料へ向かった。二時間後、志高が蒼白い顔をした男を連れてきて、取調室へ入れた。川端信吾だ。

道原たちは森山課長とともに、隣室から志高に事情を聴かれている川端を観察することにした。志高は顔が大きく、肩幅が広く太っている。腰掛けている姿は臼《うす》を連想させた。

川端は三十五歳だがいくつか若く見えた。

「あんたは、湖畔のかりん荘を知っていますか」

志高はよく通る声で正面から質問した。

「知っています」

「そこはどういう家かを知っていますか」

「どういう家か、とは」

川端はちらりと志高の顔に視線をあてた。

「だれの持ち物で、だれが住んでいるかということです」

「湖畔通りの絹市というホテルの所有ですが、住んでいる人はいません。私が勤めている大谷衣料が、社員の保養所にあの家を借りているんです」

「あんたは、そのかりん荘へ何回ぐらいいっていますか」

「三、四回。あ、五、六回かも」

「目的は」

志高は目を見開き、声をより大きくした。

「休養のためです。諏訪湖の花火を見に何人かの同僚といって、泊まったこともあります」

「あんたは、いつからかりん荘へいくようになったんですか」

「おととしです。おととしの五月ごろからだったと思います」

「会社の同僚以外の人と利用したことがありますか」

「いいえ。いつも同僚と一緒でした」

川端の声は小さくなった。顔は下を向いている。志高はテーブルの上で両方の拳をにぎった。

「古屋未砂子さんを知っていましたね」

その質問には川端は俯《うつむ》いて答えなかった。

「なぜ黙っているんですか。古屋さんを知っていたんだね」

川端は声を出さず首でうなずいた。

「古屋未砂子さんとは、どういう間柄だったんだ」

「親しくしていました」

「男女関係があったということだね」

「ええ、まあ」

「古屋さんとは、いつから親しくなったんだ」

「去年の十月か十一月からだったと思います」

「親しくなった目的は」

「目的なんてありません」

「あんたは、家族は」

「母と母の姉との三人暮らしです」

「結婚したことは」

「ありません」

志高は腕組みして、しばらく川端を見すえていた。

川端は肩をすぼめ、震えていた。

「古屋さんとかりん荘を利用したことがあったか」

「ありません」

「一回も……」

「一回もです」

志高は咳《せき》払いをし、あらためて川端をにらみつけた。

「七月八日に、あんたはかりん荘へいったね」

「七月八日、私はかりん荘へはいっていません。平日ですのでいくはずはありません。

それから古屋さんとは、今年の二月に別れました」

「別れた。どうして」

「古屋さんが電話で、もう会わないことにしようといったんです」

「理由は」

「理由は、はっきりいいませんでした。その前に会ったとき、男の子がいて、古屋さんが外出するのを嫌がるといっていました」

「古屋さんがかりん荘で殺されていたのを、あんたはいつ知ったんだ」

「何日かは憶えていませんが、新聞で知りました」

新聞に古屋未砂子の名が載っていたのを見たときを思い出してか、川端は身震いした。

「古屋さんがかりん荘で死んでいたのを新聞で知った。どんな気持ちだった」

「びっくりしました。息がとまりそうな気がしました」

「古屋さんは、幅のせまい帯で首を吊って、長押にぶら下がっていた。それも新聞で知ったのか」

「そうでした」

「何度も抱き合ったことのあった女性が、あんたの勤務先が借りているかりん荘で首を吊っていた。それを知ったとき、どんな気持ちになったかを、話してくれ」

川端は首を横に振った。その顔は、そんなことは説明できないといっていた。

「私は、あんたが古屋さんを殺したとみている。彼女とは今年の二月に別れたというのは嘘で、最近になって彼女から別れたいといわれた。それで……」

「刑事さん、私は二月に彼女から別れてくれっていわれたんです。そのあとは電話もしていません。彼女をきっぱりと諦《あきら》めたんです」

川端は、小さいがはっきりした声でいった。

志高は十分ばかりなにもいわなかった。目の前に置いたノートをめくったり閉じたりしていた。

「あんたは、かりん荘の鍵をいつも持ち歩いているのか」

「かりん荘の鍵なんか……。鍵は庶務の小町が厳重に管理しています」

「厳重に管理なんかされていない。壁のボードにぶら下げられているじゃないか。鍵はいくらでもコピーできる。あんたはコピーした鍵をだれかに貸したことがあったんじゃないのか」

「そんなことを、私は……」

「していないというんだろうが、だれかがかりん荘へ、鍵を開けて侵入した。そこへ古屋未砂子さんを呼び寄せた。殺すつもりで呼んだんだ。彼女を呼び寄せた人間を、あんたは知っているだろ」

「知りません」

「じゃ、あんたが彼女を呼んで、待っていたんだ」

川端は、黙って首を振った。その顔は氷のような色になった。

志高は、また十数分間なにもきかなかった。刑事の沈黙が耐えられないのか、川端は胃のあたりをさすった。

「あんたは現在、柿ノ木あまりさんと親密の間柄だ」

志高は突然切り出した。川端は意表をつかれてか肩をぴくりと動かした。

「女性に対して手が早いんだね、あんたは。以前からそうなのか」

柿ノ木あまりとはどこで知り合ったのかと志高はきいた。それに対して川端は、松本で知り合ったとだけ答えた。

「あまりさんとのデートは、かりん荘なのか」

川端は体裁悪そうに首を横に振った。

「あまりさんとは、下諏訪のホテルだったな」

そんなことまで調べられているのかと思ってか、川端は寒さをこらえるように肩を抱いた。

「あまりさんとかりん荘へいったことはあるか」

「ありません」

川端は小さい声で答えた。

「あんたはあまりに、かりん荘の鍵を貸したな」

志高は、あまりを呼び捨てにした。その質問にも川端は答えなかった。

「なぜ答えないんだ。かりん荘の玄関の鍵をあまりに貸したか、コピーさせたんだろ」

志高は声を張り上げてテーブルを拳で叩いた。

「かりん荘の勝手口の戸は施錠されていないんです」

川端は消え入るような声で答えた。

「勝手口の戸が施錠されていないことを、あんたはあまりに教えたんだろ」

「そんなことを、私はしていません」

「なぜ勝手口には鍵を掛けないんだ」

「以前から掛けていなかったようです。玄関の鍵を持っていなくても、社員が自由に出入りできるからだと思います」

「ふん」

志高は鼻を鳴らすと椅子を立った。腕を組んでせまい取調室をのっしのっしと歩いて、腰掛けると、

「あまりと古屋未砂子さんは、知り合いだったのか」

と、川端のほうへ首を伸ばした。

「知りません」

「あんたと懇ろにしたことがあった場所で、古屋未砂子さんは殺されていた。あんたが殺《や》ったんじゃないのか」

志高はさっききいたことを忘れたように繰り返した。

「わたしじゃありません。私は彼女に恨みなんか持っていませんし……」

「恨み……。古屋さんは何者かに、恨まれていたっていうのか。あんたはそれを知っていたのか」

「いいえ。恨まれていたんじゃないかって、想像しただけです」

川端は小刻みに首を振った。

「古屋さんとあまりは、知り合いだったか」

志高はさっきと同じことをきいた。

「知りません、知りません」

川端は繰り返し、肩に両手をあてて震えた。

「古屋さんが殺されたのを知ったとき、だれが殺ったのか気付いたか」

「いいえ。そんなこと……」

気付くわけがないといいたいのか、川端は首を横に振り、頬を痙攣《けいれん》させた。

3

道原たちは夕方、ドルフィンへいってグラスを磨いている井川に会った。この店にはホステスが四人いる。

「女のコの出勤時間はそれぞれちがうようだが、それを記録しているんですか」

道原がきいた。

「マスターに、タイムレコーダーをそなえつけてくれっていってるんですが、空返事《からへんじ》ばかりなんです。出勤と店にいる時間がそれぞれちがうので、私がノートに記《つ》けているんです」

道原は七月八日のあまりの出勤した時刻を見てもらった。

「いつもと同じ午後七時でした。彼女は昼間の仕事をしていないので、出勤時間が狂うことはめったにありません。七月八日は、なにかがあった日ですか」

「諏訪湖畔の一軒屋で、女性が殺された日」

「ああ、憶えています。殺されたのは松本の人でしたね。その事件の犯人はまだ捕まっていないんですね」

「私たちは、その事件の捜査をしているんです」

「あまりには、なにか怪しい点でも……」

井川は刑事の目をのぞいた。

「あまりさんは、事件現場の一軒屋へ入ったことがあったらしい」

「えっ。なぜそんなところへ……」

道原は井川の疑問には答えず、ノートをめくって、八月八日のあまりの出勤時刻をきいた。

井川はカウンターの下からキャンパスノートを取り出した。

「珍しい」

井川はつぶやいた。

道原と吉村は、ノートをのぞくようにカウンターへ首を伸ばした。

「八月八日のあまりは、午後九時に出勤しています」

その日、あまりは出勤が少し遅れると電話をよこしたような気がする、と井川は首をかしげていった。

八月八日は、相沢美紀が諏訪湖の釜口水門付近で溺死《できし》した日である。検視の結果、美紀の死亡は午後八時ごろとされている。

道原はドルフィンを出ると古屋竹男に電話した。呼び足し音が五回鳴って竹男が応じた。あらためて会ってききたいことがあるというと、いま塩尻の関係会社にいて、打ち合わせが終ったところだといった。

それなら松本へきてもらえないかというと、

「承知しました。どちらへうかがえばよろしいのでしょうか」

竹男は、人声がするところできいた。

松本署へきてもらえないかというと、三十分後ぐらいには着けるといった。刑事が会いたいというのだから、未砂子の事件にかかわる話にちがいないと読んでいるだろう。

道原は竹男に何度も会っているが、根は穏やかな性格のようだ。ただ女性にだらしがない。学生のころから女遊びの絶えない人だったようだ。結婚してからもその癖が出て、それが離婚の原因になった。

松本署に着いた竹男は、青い縞のシャツにグレーのジャケットを着ていた。彼を吉村が、三船課長と道原がいる小会議室へ案内した。

「どうしてもききたいことはひとつ。未砂子さんが大金を持っていることを、何人かが知っていた。知っていたのは、水森雄一郎さん、柴崎貞夫さん、それから明田川弘久さんです。水森さんと柴崎さんは、ある女性から未砂子さんのことをきいたといっています。あなたは、彼らが口にしたある女性に、心あたりがあるのではありませんか」

道原は、竹男の四角ばった顔をにらんできいた。

「先日も刑事さんからそれをきかれて考えていました。一年ぐらい前だったと思いますが、私はドルフィンへ飲みにいきました。そのときは酔って、離婚したときのことなどを喋《しゃべ》ったような気がします。もしかしたら……」

竹男は瞳をくるりと動かした。

「その日ドルフィンでは、あなたの席にだれがついていましたか」

「あまりです。いつも彼女がつきました」

「あまりにどんなことを話したんでしょうか」

「別れるさいの慰謝料を、現金で渡したことを喋ったような気がするんです」

「慰謝料の金額も話したようですか」

「憶えていませんが、あるいは……」

喋ったかもしれないという口振りだ。

竹男はあまりに、大金を現金で未砂子に手渡したことを、途切れ途切れに喋ったのではないか。それともあまりが、酔いのまわった竹男から話を引き出すように仕向けたのかもしれない。

「あなたは未砂子さんが、古屋家から受け取った慰謝料を、自宅に置いていたのを知っていましたか」

「未砂子は、事業を興すようなことをいっていましたので、自宅に置いているかもしれないと思ってはいました」

道原はうなずいて、課長と顔を見合わせた。吉村はノートにペンを走らせていた。

竹男を帰すと、道原と吉村とシマコは車に乗った。

ドルフィンに着くと井川に断わってあまりを外へ呼び出した。

「あんたにききたいことがあるので、署へいってもらう」

道原がいうとあまりは顔色を変え、間もなくお客がくるので店をはずすわけにはいかない、と抵抗した。

「大事なことをあんたにききたいんだ」

シマコがあまりの腕をつかんだ。

いくぶん強引だとは思ったが、今夜の話は立ち話ではすまされなかった。

あまりは唇を嚙《か》んだが、シマコに背中を押されて車に乗った。

署に着くと彼女を取調室へ入れた。彼女は椅子にすわると、左右を見てから正面を向いた。胸のなかは震えているようにも見えた。道原は彼女を見据えてから切り出した。

「あんたは店で、古屋竹男さんとは何度も会っているね」

「何度もというほどでは」

あまりはつぶやくようないいかたをした。

「一年ぐらい前のことだが、古屋さんは酒に酔って、離婚したときのことを話した。彼のその話にあんたは興味を持ったので、熱心にきいた。たぶん古屋さんは離婚の慰謝料を自慢げに話したんじゃないかと思う。高額を現金で払ったので、自慢したくなったんだろう。彼が大金といったので、あんたはその金額をきいた。憶えているだろうね」

「いいえ。そんなことをきいた憶えなんてありません」

「古屋さんと別れた奥さんは、未砂子さんという名だ。未砂子さんは、古屋さんから受け取った金で事業を始めようと考えていたらしいが、その計画は頓挫《とんざ》していた。……それをきいたあんたは、未砂子さんはいつでも使えるようにし、現金を自宅にしまっているのではと勘付いた」

「そんなこと……」

あまりは横を向いた。

「あんたは、相沢美紀さんが古屋竹男さんと別れた未砂子さんの自宅へ、ピアノを教えに通っていることをきいていたので、現金がしまわれているかをさぐってみてくれと、密談を持ちかけたんだろ」

「そんなこと、していません」

「美紀さんは、他人の家の家《や》さがしなんかできないと、断わったんじゃないのか」

「勝手な想像です」

「美紀さんに相談をしかけなかったというんだな」

「していません」

あまりは、ちらっと道原の顔に目を向けた。刑事が推測で尋問しているのか、それとも根拠をつかんでいるのかをさぐろうとしているようだ。

道原は四、五分黙っていたが、いきなり、

「明田川弘久に話したんだな」

と、切り込むようにいった。

するとあまりは、身震いするように首を横に振った。

「明田川はドルフィンで、水森雄一郎と柴崎貞夫と知り合っていた。三人ともまとまった現金を欲しい事情を抱えていた。それで、古屋未砂子さんが実際に現金を自宅に置いているかをさぐる方法を相談した。そして金を借りにいってみることにした。それまでは見ず知らずの者に、『はい、どうぞ』といって貸してくれるはずがないことを承知で、借りにいった。……三人とも見事というか、当然というか、塩を撒《ま》かれるように追い返された。明田川は未砂子さんに、『わたしのことをどこのだれからきいてきたのか』ときかれたにちがいない。三人のうち明田川だけは、未砂子さんに何度か会っていたらしい節がある。……三人はあんたに、未砂子さんに金を借りにいったが断わられたことを話しただろうが、未砂子さんは、『お金なんか持っていない』とはいわなかった。『見知らぬ人に貸すわけにはいかない』とか、『だれからわたしのことをきいてきた』ときいた。そのいいかたから、金を持っているという感触を三人、いやあんたを加えた四人はつかんだ。……あんたと明田川らの三人は、未砂子さんが自宅に置いている現金を奪う方法はないかを、話し合ったんじゃないのか」

あまりは声を出さず、首を横に振りつづけた。

あまりを二時間ばかり絞ったが、今夜は店へ返すことにして、電話番号をきき、吉村とシマコが車で送った。

ドルフィンへ着くまでの間、あまりは一言も口を利かなかったと、もどってきたシマコがいった。

「店の前まで送ったんだろうが、車を降りるとき、彼女はなんていった」

「なにもいいませんでした。怒っているような顔をして降りて、振り向きもしないで店へ入っていきました」

あまりは、道原のきいたことをすべて否定したが、あたっている点があるので、店へ入ると頭を抱えたのではないか。

4

次の日は正午に、道原と吉村とシマコはあまりのアパートを見にいった。まだ寝ているかもしれないと思ったが、コーヒーのような色のカーテンは隅へ寄せられていた。

道原は彼女に電話を掛けた。彼女はすぐに応えたが、喉《のど》を痛めているような声だった。

「食事はすみましたか」

「たったいま」

すんだという。朝と昼を一緒にした食事だろう。一般の人よりも起床は遅いから朝食はとらないのではないか。

「迎えにきたので、出てきてください」

「きょうは疲れているので、もうひと眠りしようとしているんです」

「では、一時間ばかり眠ってください。私はアパートの近くで待っていますから」

「警察の人に待っていられたら、眠れないわ。まるで脅迫ね」

「では、出てきてください」

彼女は電話を切った。

二十分後、彼女は階段を下りてきた。

「迎えにきたっていったけど、どこへいくんですか」

道原が車を降りると、あまりは二、三歩退いた。

「署へいくんです。ききたいことが山ほどある」

彼女は逃げられないと思ってか、いやいや車に乗った。きょうの彼女は横縞のTシャツに白いパンツを穿《は》いている。長身の彼女はなにを着ても似合いそうだ。髪のかたちや色にも気を遣っているらしく、艶《つや》があって、揺れるたびに小さな光を放っているように見えた。

署に着いた。あまりを車から降ろすと、彼女は署の建物を見て、

「嫌なところね」

とつぶやいた。後ろ暗いことをした人はみな警察署を嫌なところと思っているだろう。

きょうもあまりを取調室へ入れた。

「あんたは、大谷衣料の川端信吾さんと付合っているが、どこで知り合ったんだ」

道原は低い声できいた。

「ドルフィンです。何人かと一緒に飲みにきたのが最初でした。それから何日かあと、独りで飲みにきました」

何人かと飲みにきたとき、長身で顔だちのいいあまりに心が動いたのだろう。だからそのあと独りでやってきた。あまりのほうは川端に気に入られたのをすぐに感じ取ったにちがいない。あまりのほうも端整な顔をした川端に好意を持ったのではないか。

「最初のとき、あんたのほうが誘ったのか」

「最初のとき……」

とぼけているのか、あまりは首をかしげた。

「最初のデートは、川端さんに誘われて、かりん荘だったんじゃなかったのか」

「忘れました」

「忘れた。……かりん荘へ入ったことはあるだろうな」

「ありません」

あまりの指紋や毛髪を諏訪署に送って、未砂子が殺されていた部屋から拾った試料と照合しているが、いまのところ合致したものはなかった。殺人現場にされた部屋で集めた試料は少なく、毛髪七本と爪のかけらが二つだけだった。このことから、未砂子を殺害した犯人は犯行後、掃除機をかけたことが考えられている。掃除機が一台押し入れにしまわれていた。

それには毛髪や体毛などが付着していたので、あまりの試料を照合した。が、それからも彼女が部屋へ入ったという証拠は見つからなかった。トイレも浴室も排水溝も調べたが、同じだった。

彼女はかりん荘へは一度もいったことはないといっているが、川端と何度かデートの場所に利用していたろうと道原はにらんでいる。

あまりを帰宅させた。

「彼女は、高飛びするかもしれませんよ」

吉村がいった。

「どこへ逃げても、おれたちは追いかける」

道原は諏訪署に断わって、かりん荘をあらためて見ることにした。かりん荘へは、肥えていて顔の大きい志高が同行することになった。

常時人が住んでいないからか、杉板の塀に囲まれた二階建ての一軒屋は、息を殺しているようにひっそりとしている。立入禁止のテープが微風を受けて揺れていた。二階の窓には、湖に落ちていく西陽が薄くあたっている。道原はその窓を開けた。細い花梨の木と太い栗の木が緑の葉を広げていた。花梨の木は青い小さな実をいくつかつけているし、窓に近い栗の木も薄青い毬《いが》を丈の長い葉に隠している。テニスボールぐらいの大きさの毬を見ているうち、一つの毬が妙な光りかたをしているのに気が付いた。風に揺れるたびに葉のあいだでごく小さな光が動くのだった。吉村と志高を窓辺に呼び、その小さな光を指差した。

「あっ、光った」

吉村がいった。志高の目にはその小さな光は映らないようだった。

道原は枝と葉の重なりの特徴を目に焼き付けて、勝手口から庭へ出て、栗の木の枝を下から見上げた。

吉村が台所から椅子を持ってきた。道原はそれを踏み台にした。毬がいくつも集まっている枝があって、そこに小さな光の源があることが分かった。

道原より吉村のほうが上背があるので踏み台の上を交替した。

「これだ。これだ。これが光ったんだ」

吉村は叫んで、ハンカチで手をおおって一つの毬をつかんだ。

「髪の毛です。長い栗色の髪が毬にからんでいるんです」

「その毬をもいでくれ」

道原が椅子を押さえていった。

吉村は、「痛《いて》ぇ、痛ぇ」といいながら毬の一つをねじって取った。

吉村がもぎ取った毬に道原と志高は目を近づけた。

「女の髪の毛でしょうね」

志高がいった。長さは二十数センチだ。

一本の長い髪の毛は、どこからか風に乗ってきて栗の枝にからんだのか、それとも窓から外をのぞいた女性の頭から抜け落ちた一本だろうか。道原は自分のハンカチに、光った髪のからんだ青い棘《とげ》が無数に生えている球《たま》を包んだ。

翌朝、三船課長と向かい合っている道原に、諏訪署の志高が電話をよこした。その声は、歌でもうたい出しそうに弾んでいた。

「きのう、かりん荘の庭の栗の実にからんでいた一本の長い髪の毛。それは柿ノ木あまりの髪の毛でした」

道原たちが持ち込んだあまりの試料と一本の毛髪を、諏訪署は照合した。その結果、光った毛髪はあまりの頭からこぼれ落ちたものと断定された。

彼女は、かりん荘へいったことはないといい張っている。それが一本の毛髪によって覆された。いつの日かあまりは、かりん荘の二階の窓を開けて、湖に落ちていく夕陽でも眺めたのではないか。それとも部屋のなかで使ったタオルケットでも広げ、匂いを払い落したのだろう。そのさい、タオルケットに付着していた毛髪が風にさらわれて、窓の下の栗の木の枝にからんだ。栗の木には棘を生やした毬が数えきれないほど生《な》っていた。そのうちの一つが、窓辺をはなれてきた一本の光った長い毛髪をつかまえた。それは何か月も前のことではない。毬はふくらんで充分に棘をとがらせたころだ。

道原は、長身で姿勢がよく、なにを身につけても似合いそうな柿ノ木あまりを頭に浮かべた。雪の積もった秋田の道を、駆けるように歩く若い女の姿を想像した。

「あまりを、捕《と》りにいく」

道原は勢いよく椅子を立った。吉村はメモをしていたノートをポケットに押し込むと水を飲んだ。シマコは白いシャツの袖をまくった。

三人は、あがたの森公園近くのアパート前へ車をとめた。森を飛び立ったらしい鳩の群が頭上を旋回した。

アパートの裏側へまわって、あまりの部屋の窓を仰いだ。午前十時半。気温二十九度。彼女はまだ寝ているだろうと思ったが、濃茶色のカーテンは半分ほど開いていた。

外の灯りを入れているのか窓も少し開いている。窓に風が入るらしくカーテンが揺れていた。五、六分、窓を見ていたが、ガラス窓に人影は映らなかった。

道原は、あまりに電話した。

「こんなに早く、なんですか、ご用は」

明らかに機嫌のよくない声だ。

「十時三十七分。もう起きてもいいんじゃないかな」

「あと二時間は眠らないと」

あまりはあくびをしたらしい。

「大事な用事がある。署へ同行してもらうので、支度をしてください」

「また警察署なの。……なにか食べるから、一時間あとにして」

あまりのほうから電話は切れた。

午前十一時四十分。道原はまたあまりに電話した。

彼女はグレーの七分袖シャツに黒いパンツ姿で玄関を出てきた。化粧をしていないようだが眉は細くて長かった。頬には艶がある。健康状態は良好らしい。

車の後部座席で道原とシマコがあまりをはさんだ。きょうは、あまりを乗せた車の前にパトカーがとまっている。

「食事をしたんだね」

道原があまりにきいた。

「ちょっとね」

「なにを食べたの」

「タマゴとベーコンをはさんだサンドイッチにコーヒー」

彼女は走りはじめたパトカーを見ているらしい。

「毎朝、サンドイッチなの」

「朝は、梅干しにお味噌汁で、熱いご飯を食べたいんだけど……」

交通事故でもあったのか、道路が渋滞していた。パトカーは中央線をまたぐとサイレンを鳴らした。道原たちの車に、「ついてこい」といっているように左折し、薄川《すすきがわ》に沿った道を走った。

あまりは腹の前で手を組み合わせた。その長い指は小刻みに震え、爪は紫色に見えた。

彼女は、組み合わせていた手を解くと、両手で耳をふさいだ。パトカーのサイレンが胸に刺さっているらしい。

彼女をはさんだ道原とシマコは、前を向いて押し黙っている。その沈黙がいまのあまりを恐怖におとしいれているのではないか。きょうの刑事たちの顔色は、いままでとはちがっているとみているのかもしれなかった。

5

きょうもあまりを取調室に入れた。彼女は左手でシャツの襟をつかんでいた。道原はこの前から気付いていたが、あまりは手の爪を染めていなかった。それがかえって白くて長い指をきれいに見せている。

「あんたは、髪に金をかけているんだね」

道原は、あまりの肩をおおっている茶色の髪を見ながらいった。

「それほどでも」

「ところどころを金色に染めているが、美容院は大名町通りのサロン・ド・スミエなのか」

「いいえ」

彼女は小さい声でいったが、刑事はサロン・ド・スミエはだれがやっている店なのかまで調べていることを悟っただろう。

「あんたは、諏訪湖畔のかりん荘へいったことがあったのに、それを隠した。いったことがないといいつづけていれば、警察はもう調べないと思っていただろう。だが、あんたがかりん荘へいったという証拠が挙がったんだ。……あんたは、かりん荘へいっていない、入ったことはないといったが、それはかりん荘内で重大事件を起こしたからだ。あんたは七月八日に、かりん荘で古屋未砂子さんに会った。古屋さんをあんたが呼んだんだろ」

「わたしは、そんなことをしていません」

「あんたは古屋未砂子さんを知っていたじゃないか」

「いいえ、知りません」

「古屋竹男さんが、離婚した妻は古屋未砂子さんで、男の子を一人抱えている、それで別れるさい慰謝料を現金で渡した、未砂子さんは受け取った金で事業を興すことを計画しているので、金は自宅にしまってあると、酒に酔ってあんたに喋った。払った慰謝料は高額だったので、竹男さんはそれを自慢したかったにちがいない。竹男さんの話をきいたあんたは、未砂子さんが受け取った現金をどうしたかを知りたくなった。まとまった金が欲しかったんだろ。酔っ払い相手の仕事から足を洗いたくなったんだろ」

あまりは一瞬、道原の顔に視線を投げたがすぐに俯いた。

「ドルフィンで同僚だった相沢美紀さんが、古屋未砂子さんの自宅へピアノを教えに通っているのを知っていたので、未砂子さんが現金を自宅に置いているかをさぐらせた。美紀さんが本気で家さがしをしたかどうかは分からなかった。……そこであんたは店の客の明田川に、古屋未砂子さんは大金を自宅にしまっているらしいと話した。それをきいた明田川は目の色を変えただろう。彼は仲間の水森雄一郎と柴崎貞夫に相談して、それぞれが未砂子さんに会いにいって、金を貸してもらえないかと頼んだ。貸してもらえるはずはないのが分かっていたが、未砂子さんが大金を持っているらしいという感触をつかみ、それをあんたに話したはずだ。……あんたは彼らの話をきいて、独りで計画を練ったんじゃないのか」

道原はわずかに頭を揺らしているあまりをにらんだが、彼女はなにもいわなかった。

「未砂子さんは音楽教室開設を計画していた。その構想や計画は、美紀さんからきいていたんだろう。悪知恵のはたらくあんたは、自分も音楽教室開設を考えているので、話し合いをしないかとでもいって、未砂子さんを上諏訪へ呼んだんじゃないのか」

あまりは頭を動かした。刑事はそれを読んでいたのかというふうに顔を上げた。

「図星なのか」

道原がきくと、あまりはこくりと首を動かした。未砂子に電話を掛けて、上諏訪へ呼び出したことを認めた。その前にあまりは未砂子を自宅近くへ見にいったと答えた。どんな女性かを知る必要があったからだといった。

「上諏訪で会った未砂子さんを、どこへ誘ったんだ」

あまりはからだを揺らしたが、すぐには答えなかった。五、六分のあいだなにも答えないので、どこへ誘ったのかをもう一度きいた。

「音楽教室に使えそうな家がある、といいました」

彼女は震える声で答えた。

「それは湖畔のかりん荘のことだな」

あまりは自白を決意したのか、刑事の追及に負けてか、背筋を伸ばすと小さくうなずいた。

「かりん荘を外から見た未砂子さんは、なにかいったか」

「いいえ、立ちどまって見ていただけです。それでわたしが、二階には広い部屋が二つあるので、仕切りのふすまを開け放せば、二十人ぐらいは入れるっていいました」

「かりん荘のなかへは、どこから入ったんだ」

道原は、あまりの胸のふくらみから肩、かたちのいい顎《あご》と唇、そして豊かな髪へと目を這《は》わせた。

彼女は顔を隠すように額に左手をあてた。

「玄関の鍵を、川端さんから借りていたのか」

道原がきくと、二、三分のあいだ黙っていたが、勝手口から屋内へ入ったと答えた。

「勝手口が施錠されていないのを、川端さんからきいていたんだな」

「はい」

「未砂子さんは、ここへきたことがあるといわなかったか」

「いいえ。なにもいいませんでした」

あまりは眉を寄せ、道原の表情を読むような目をした。

「勝手口から入って、一階の広い部屋を見せたんだな」

彼女はうなずかず、ぶるっとからだを震わせた。

「紐《ひも》、いや、ロープを用意しておいたんだな」

あまりは二、三度首を横に振った。

「どこへ用意しておいたんだ」

道原は上体を少し前へ出した。

「押し入れに……」

その答えは、消え入るように細かった。

道原は、未砂子を殺害したときのようすをあまりに答えさせた。

彼女は二十分ほどなにも答えなかったが、道原の冷たい沈黙に耐えきれなくなったのか、窓辺に立った未砂子の首にロープを巻きつけ、一気に絞めたことを吐いた。

「ロープで、未砂子さんの首を、どのぐらいのあいだ絞めていたんだ」

「憶えていません」

「二分間か三分間ぐらいか」

「憶えていません」

彼女は両手で耳をふさいだ。

「あんたもワルだね。ロープで首を絞めて殺した未砂子さんを、自殺に見せかけようと、どこかの旅館の浴衣の帯を彼女の首に巻いて、長押に吊り下げた。五十キロ近い人を吊り下げるのは相当の力仕事だった。だれかに手伝わせたのか」

あまりはいやいやをするように首を振った。

道原は、未砂子を吊り下げるのにどれくらい時間がかかったかをきいた。あまりは、踏み台を持ってきて吊り下げたが、どのぐらいかかったかは憶えていないと答えた。

絞殺に使われた編みロープの太さは九ミリだった。それをどこで調達したのかをきいたところ、住所近くの駐車場に置いてあった他人の自転車の荷台に巻きつけてあるのを、一メートル半ぐらいカッターで切り、布のバッグに隠していたと答えた。未砂子を吊り下げた帯はかりん荘の押し入れに入っていた物だといった。

道原は取調室を出て水を飲んだ。十分間休み、深呼吸してから取調室へ入り直した。

あまりは組み合わせた手を胸にあてていた。

「あんたは、未砂子さんを始末すると、部屋に掃除機をかけたな。自殺に見せかけたが、警察が精《くわ》しく調べるだろうと思って、掃除をした。部屋をきれいにはしたが、庭には掃除機をかけられなかった」

あまりには、道原がいっていることの意味が分からないらしく、首をかしげた。

「未砂子さんの自宅を見にいったか」

あまりは、「いった」と答えた。

「家のなかへ入ろうとは思わなかったのか」

あまりは、未砂子の自宅をはなれた場所からじっと見て周りの人の目がないのを確かめて近づき、玄関ドアに耳をつけた。屋内ではピアノが鳴っていた。その音から、相沢美紀が子どもに教えにきていると判断した。人の話し声もきこえた。

それは七月八日の何時ごろかと道原はあまりにきいた。彼女は花柄のハンカチで額を拭《ぬぐ》った。

「午後六時少しすぎでした」

屋内でしていた人声というのは、テレビの音ではないかと思われたので、道原はシマコにそれを調べさせた。七月八日午後六時少しすぎはＮＨＫが男のアナウンサーでニュースを、信越放送は、南の島の風景を女性のアナウンサーが説明していたことが分かった。

人声とピアノの音をきいたあまりは、家のなかへの侵入をその日は諦めた。

かりん荘の遺体はすぐに見つかるのではないかと思っていたが、二日経っても三日がすぎてもみつからないのか、報道されなかった。

「あんたは未砂子さんの家へ侵入しようとして、何度もようすをうかがいにいっただろうな」

道原がきいた。

「いきました。いきましたけど、厳重に戸締りされていて、入ることはできませんでした」

「何回いったんだ」

「憶えていません」

「憶えきれないほど、何度もいったということか」

「そうです」

あまりは小さいがはっきりした声で答えた。

「未砂子さんの遺体が、かりん荘で見つかったのを、いつ、どこで知った」

「たしか七月の十九日の夕方だったと思います。アパートで出掛ける支度をしながらテレビを観ていたら、臨時ニュースでやりました」

「どんな気持ちだった」

「氷水を背中にあびたようで、ぞくぞくっとしました」

「未砂子さんは、十日以上も、かりん荘の長押にぶら下がっていた。ニュースで知ったとき、手を合わせたか」

「恐くて、部屋にじっとしていられなくなって、外へ飛び出ました」

「その日も、店には出たんだね」

「出ました。店長に、顔が蒼いっていわれて、どきっとしました」

「未砂子さんの遺体を警察が検《しら》べて、すぐに他殺だということが分かって、それが報道された。だれかに、あんたが殺《や》ったんじゃないのかって、いわれなかったか」

「いいえ。だれからも……」

あまりは道原を恨むような表情をした。

「八月八日、あんたは岡谷で相沢美紀さんに会ったな」

あまりは顔を伏せた。唇を噛んだのが分かった。

「美紀さんを電話で呼んだのだな。なんといって呼んだんだ」

彼女は四、五分黙っていたが、

「お店をやろうと思っているけど、そのことで相談したいっていいました」

彼女は下を向いたままいった。

「店を。どんな店を……」

「スナックをやることにしたのだけれど、独りでは無理なので、開店から何か月かを手伝って欲しい。その話をしたいといいました」

「どこで会ったんだ」

「岡谷の天竜《てんりゅう》町のレストランです」

釜口水門の近くだ。

「美紀さんの住まいは松本の島内だ。どうして岡谷の天竜町のレストランにしたのか」

「美紀さんはその日、ピアノを教えに岡谷へいっていたんです。電話したら岡谷にいるっていったんです」

「岡谷のレストランで会って、食事をしながら、あんたはどんな話をした」

「ある人に、お店をやりたいって話したら、応援するっていってくれたのでといいました」

「あんたは美紀さんに、古屋未砂子さん宅の家さがしを頼んでいたじゃないか。大金がしまわれている可能性があるといって。……美紀さんが家さがしをしたかどうかわからないが、現金の在りかを見つけられなかったようだ。ところがあんたは現金がしまわれているのを確認した。その現金を奪うために未砂子さんを殺して、現金を手にした。店を出すのを応援してくれる人がいるというのは嘘で、未砂子さん宅から盗んだ金を開店資金にするのだろうと、美紀さんはいわなかったか」

「そんなこといいませんでした」

「口には出さなかったが、未砂子さん殺しはあんただろうって、疑っていた。そういう素振りを美紀さんはしなかったか」

「いいえ。少しも……」

二人は食事をすませると、釜口水門近くの諏訪湖畔を歩いた。

「美紀さんは、古屋未砂子さんが殺されたことを話題にしなかったか」

「そんな話は、一言も……」

しなかったという。

「だが、あんたは、美紀さんを危険な人とにらんでいた。美紀さんは、あんたが未砂子さんを殺して、古屋家から現金を盗んだものと確信しているとみていたから、彼女を消す以外に方法はないと考え、湖へ突き落とした。美紀さんは悲鳴を上げただろう。その声はいまも耳に残っているはずだ」

あまりは、音がするように首を垂れた。長めの髪が顔を隠した。その髪のなかに金色に光った髪がまざっていた。

道原はあまりに、相沢美紀を湖へ突き落としたことを認めさせた。二度念を押すと、二度とも無言でうなずいた。

「あんたは、きょうから帰れないし、店へも出られない。着替えなどを持ってきてくれそうな人はいるのか」

道原がきくと、あまりは、それを考えたことがなかったというふうに瞳を動かした。

「店には、知らせるんですね」

「当然だ」

あまりは、だれを思い付いたのか、唇を噛むと涙をためた。

「父に知らせてください」

彼女は、柿ノ木進次郎の電話番号を震えながらいった。

松本署は、あまりを諏訪署へ移す準備をはじめた。

第七章　望郷岬

1

柿ノ木あまりを逮捕して二週間がすぎた。

松本署の庭ではコスモスが微風に首を振っていた。

諏訪署の志高刑事が道原に電話をよこした。

「昨夜の九時半ごろ、茅野市の大谷衣料に勤めている川端信吾が、諏訪市大手《おおて》で交通事故に遭いました」

川端信吾は柿ノ木あまりと親密な間柄だったので、諏訪署は彼を呼んであまりの行動などを詳しくきいた。あまりは大谷衣料に無断でかりん荘へ古屋未砂子を招き入れて殺害した。この事件について川端はあまりに手を貸していなかったかなどを諏訪署は追及した。

あまりは、縁のない他社の保養所であるかりん荘を、殺人現場にした不遜《ふそん》きわまりないド心臓の女だ。川端はあまりの性格をある程度知ってはいたが、『まさか人を殺すなど想像もしなかった』と答えたという。

「交通事故に遭ったというと……」

道原が志高にきいた。

「川端は知人と、大手の八島《やしま》というスナックで飲んだあと、駅へ向かおうとしていたらしく並木通りを歩いていたんだが、急に道路の中央部へ倒れたんだ。そこへ走ってきた乗用車に衝突した。目撃者の通報で日赤病院へ運ばれたが、胸を強く打って重態だ。彼が倒れるのを目撃した人がいた。その人がいうには、歩いているところを、横から突き倒した者がいたというんだ」

「突き倒した……」

道原はつぶやいた。

「車に轢《ひ》かせようとしたんじゃないかと思う。乗用車を運転していた人も、急に倒れてきたといっている」

「それは殺人じゃないか。目撃した人は……」

「松本市浅間《あさま》温泉の有賀輝夫《あるがてるお》。職業は税理士」

道原は志高のいったことをメモすると、吉村とともに有賀輝夫を訪ねることにした。

浅間温泉は高台で、松本平野の先に、蝶ヶ岳《ちょうがたけ》や常念岳《じょうねんだけ》が峰がしらを並べているのが眺められた。

有賀は、自宅の一角を事務所にしていた。人の好《よ》さそうな細い目をした四十八歳だった。

「ゆうべは顧問先で食事をご馳走になって、上諏訪駅へ向かって歩いていました。私の十メートルばかり前をやはり駅のほうへ歩いている男の人がいましたが、ケヤキの木の陰から急に出てきた人が、歩いている男の人を走ってくる車の前へ突き倒したんです。私は思わず大きい声を上げました。車はクラクションを鳴らしながら、倒れた人にどんと衝突しました。私は腰を抜かしていましたが、気を取り直して一一九番へ通報しました」

そのときを思い出してか有賀は額を手で拭《ぬぐ》った。

車に衝突した人は道路に腹這《はらば》いになったまま動かなかった。救急車が到着して倒れている男を運んでいった。

パトカーがやってきて、倒れ込んできた男に衝突した車の女性から話をきいていた、と有賀は語った。

「有賀さんは、歩いていた男を突き倒した人を見ましたか」

道原がきいた。

「見ました。黒っぽい服装の男でした」

「何歳ぐらいの男でしたか」

「年齢の見当はつきません」

「体格は」

「身長は百六十センチから百七十センチぐらいだったと思います。特別大きい人でも小さい人でもありませんでした。顔つきは分かりません」

「若いか年配者かということは」

「それも分かりません」

「その男は、現場からいなくなったんですね」

「私は、車に衝突した人のほうを見ていました。黒っぽい服装の男は、その場から走って、すぐに見えなくなりました。歩いていた人を故意に突き倒したのでしょうから、その場から逃げたんです。なぜそんなことをしたのか……」

有賀は、手をすり合わせた。

川端を突き倒したのが正常な人間なら、加害者は川端信吾を知っていたことになる。川端を殺すつもりで体当たりを食わせたようにも思われる。

次の日の朝、出勤したばかりの道原に、昨日会った有賀輝夫が電話をよこした。諏訪市で川端信吾が交通事故に遭った件について思い出したことがあるといった。

「どんなことでしょうか」

「歩いている男の人を、車が走ってくるほうへ突き倒した男は、片方の足を引きずるようにして逃げていきました。どちらかの足が不自由なのではないかと思ったのです」

それは加害者の特徴だ。

道原は、よく思い出してくれたと有賀に礼をいった。

だがそれだけの特徴で加害者を特定することはできない。

被害者の川端信吾は、古屋未砂子と相沢美紀を殺害した柿ノ木あまりと親密な間柄にあった男だ。彼はあまりが人を殺してまで金を奪おうとしていたことなど、考えてもみなかっただろう。そういうことをする女だと知ったら、あまりには近づかなかったろうと思う。

川端は警察へ何度も呼ばれて事情をきかれていたのだから、会社内では冷たい目で見られていたのではないか。女好きだったらしい彼は、あまりと深い間柄になっていたことを後悔していたにちがいない。

お茶を運んできたシマコが、

「わたし、きのう、たけのこ園へいってきました」

といった。古屋智則に会ってきたのだ。智則は近日中に、母の妹の宮坂沙矢香に引き取られることになった。叔母の彼女を母親として育てられるのだろう。

「智則君は、たけのこ園の裏庭に咲いているひまわりを見たらしくて、ひまわりを画用紙一杯に描いていました。その絵を見て、世界の有名な外国の画家の絵を思い出しました」

「ゴッホのひまわりだろ」

吉村がいった。

「そう、ゴッホ。ゴッホのひまわりはいくつもの黄色い花が花瓶に活けられていたわね」

「そう。たしか花は十五個だった」

吉村は高いところを見るような目をして、モネも花瓶に活けたひまわりを描いているといった。

「智則君は一輪だけ。花の特徴をとらえていて、うまいなって思いました」

「血筋だ」

道原がいった。そういったとたんに、未砂子と沙矢香の兄である宮坂哲哉を思い付いた。

哲哉は絵を描いている。何点かの作品を沙矢香に贈っている。彼はすでに画家として独り立ちしているのではないだろうか。

沙矢香にきいたことだが、哲哉は少年のとき、車の轢き逃げに遭って、片方の足が不自由ということだった。

道原は腕組みして目を瞑《つむ》った。暗がりのケヤキ並木道を、片方の足を引きずるようにして歩く、黒い服装の男を思い浮かべた。

彼は、吉村にもシマコにもなにもいわず、「美術星座」という季刊誌を出している東京の出版社に電話した。

「絵を描いている一人の男性の住所を知りたいのです。氏名は、宮坂哲哉で三十四歳。画家として独立しているかは不明で、雅号も分かっていません」

電話に応えた男性社員は、調べて返事をするといった。

一時間後に返事の電話があった。

「お尋ねの方は、長乃望月《ながのぼうげつ》さんだと思います。ご本名は宮坂哲哉さんで、鹿の絵で有名な小室芳月《こむろほうげつ》さんに師事された方です。五、六年前に、『あね、いもうと』という十歳か七、八歳に見える二人が並んだ人物画で、近代美術クラブ賞と年間の傑作に贈られる飯倉《いいくら》賞を受賞された若手画家です。長乃さんの作品はすべて喜助川文貴《きすけがわふみたか》さんがお買い上げになって、展覧会などに出展されています。喜助川さんは、扶桑《ふそう》機械工業の社長です。喜助川さんのお宅は、新宿区中井《なかい》二丁目。……長乃さんのご住所は不明です」

2

道原と吉村は、東京・新宿区中井の木立ちのある一の坂を登った。

「東京は暑いな」

九月中旬だが、きょうの気温は体温に近い。二人ともハンカチで首筋を拭《ぬぐ》った。

坂を登りきって百メートルほど歩くと高い塀で囲んだ豪邸があらわれた。喜助川家は道路の左側で、門は黒い石柱に鉄の格子。母屋の屋根は三角形にとがっている。

インターホンに呼びかけると女性の声が、「左手のくぐり戸からどうぞ」といい、自動ドアが開いた。

玄関へは四十代半ば見当の小太りの女性が出てきて、スリッパをすすめた。屋内は外観とは異なっていて、柱も板の間も木目のくっきりとしたケヤキ造りだった。

応接間へ通された。その白い壁には、ゴーギャンの「タヒチの女」が飾られていた。

「奥さまがお会いしますので、少しお待ちください」

小太りの女性は軽く頭を下げて応接間を出ていった。五、六分するとクリーム色のブラウスに薄緑の裾《すそ》の長いスカートの夫人が入ってきた。

「喜助川の家内でございます。ご遠方からご苦労さまでございます」

と、下腹に手をあてておじぎをした。六十歳ぐらいではないかと思われるが頬や口の周りには一本の皺《しわ》もなく、頬には蠟《ろう》のような艶《つや》があった。

夫人が椅子に腰掛けたところへ、さっきの女性が紅茶を運んできた。

緑の葉が波をつくっている庭が見えるガラスが小さく鳴った。道原と吉村は音のほうへ顔を振り向けた。真っ黒い顔が鼻でガラスをつついていた。

「うわっ、すごい」

吉村は声を上げた。背の高いドーベルマンがのぞいているのだった。口の周りは茶色だ。頭も背中も光っている。

道原は、壁の絵と庭の犬をほめた。

「犬はまだこどもなんです」

夫人は目を細めて、「お茶をどうぞ」といった。

「こちらは、宮坂哲哉さんと深い縁がおありだとききましたので」

道原が切り出した。

「長乃望月のことですね」

「はあ」

「あの方の作品は、すべて喜助川が引き取っております」

「お買い上げになっているということですか」

「いいえ。描き上げたものを引き取って、月々、充分な金額を差し上げているんです」

「ほう。画家にとっては恵まれているということではないでしょうか」

「まあ、暮らしを心配することはありませんので」

夫人は、白くて長い指を紅茶のカップにからめた。

道原と吉村は、香りの高い紅茶をいただいた。

「刑事さんは、望月の絵をご覧になったことがありますか」

「何年も前に描かれたものと思いますが、下諏訪に住んでいる妹に見せてもらいました」

「妹がいるんですか」

夫人は顎《あご》に手をあてた。

「妹さんが二人いて、上の妹さんは七月に亡くなりました」

「両親は早くに亡くなって、係累はいないようなことをいっていましたけど」

夫人はわずかに眉間《みけん》を寄せた。

哲哉は未砂子にも沙矢香にも会いにこなかったが、二人の住所を把握していたし、どこからか暮らしぶりをのぞいていたようだ。

長乃望月の作品はどこに収納されているのかを道原がきいた。

「隣の部屋にあります。ご覧になりますか」

「ぜひ」

道原と吉村は腰を浮かせた。

隣室は、応接間の倍くらいの広さだった。壁には絵が六点架かっていて、壁に立てかけてあるものもあった。

道原は壁に架かっている六点のうちの一点に吸い寄せられた。縦一メートルあまり、横一メートルほどのタイトルは「巨体」「屋久杉　推定樹齢千五百年　幹周り一メートル六十センチ」。

杉の木の根元は空洞で、幹を黒と緑で幾重にも塗り、その上に赤い斑点《はんてん》を置き、ところどころに引っ掻《か》いたような溝がある。圧巻というより恐怖に近いものが感じられた。

「『巨体』を持ってきたのは、お盆すぎでした。なんだか気味の悪い絵ねってわたしがいいましたら、望月は笑っていました」

巨体の左下の絵は、この家の庭でも切り取ったのか、草花が鳥や蝶を呼び寄せているような穏やかな明るさがあった。

応接間へもどると、道原は長乃望月の住所を夫人にきいた。

「住所は、ここから歩いて十五分ぐらいの北新宿というところですけど、八月下旬から北海道へいっています」

「北海道へ。滞在先は分かっていますか」

「目的地に着いてすぐに、はがきをよこしました。なんだか辺鄙《へんぴ》なところのようです」

彼女は望月からのはがきを持ってくるといって、部屋を出ていった。

また黒い頭の犬が鼻でガラスをつついた。一緒に遊んでくれとせがんでいるようだ。

望月からのはがきの表には［喜助川文貴様］と宛先があり、その下に、［雷電岬《らいでんみさき》は荒海に突き出た断崖《だんがい》で、海鳥が舞っているだけです］と書いてあり、滞在先は日野原《ひのはら》旅館となっていた。裏には墨筆で写生した断崖が描かれていた。

「まさか望月に、会いにいらっしゃるというのではないでしょうね」

夫人は眉を動かした。

「宮坂哲哉さんに直接会って、ききたいことがあるんです」

「なにをでしょう」

「ある事件に関してです」

「……事件。どのような事件なのでしょうか」

「諏訪市で発生した事件です」

「電話では、すまないのですか」

「会って、話をききたいんです」

道原は哲哉の電話番号をきいた。

「いまどき珍しく、ケータイもスマホも持っていないんです」

帰署すると、北海道の雷電という場所の日野原旅館の電話番号を調べた。

「雷電とはどこなんだ」

三船課長が道原の席の前へ立った。

「北海道西部の後志《しりべし》地域の岩内《いわない》です」

「ふうん。私には見当もつかない」

地名辞典を見ると［岩内郡岩内町島野《しまの》から寿都《すっつ》郡寿都町に至る岩石海岸を雷電海岸と呼ぶ。海岸は雷電岬、カスペノ岬、セバチ鼻などの小岬が多く、溶岩からなる岩礁が点在］とあった。岩内は北海道中西部で、積丹半島の南側基部だ。

日野原旅館は岩内町にあった。電話で、長乃望月という人は滞在しているかと尋ねたところ、女性が出て、

「はい、いらっしゃいますけど、きょうはお天気がよろしいので。早起きなさって、雷電岬へいかれました」

といわれた。絵を描くための取材ではないのか。

道原は諏訪署の志高に電話で、長乃望月こと宮坂哲哉に会いにいくことを告げた。

「私もいく。いつ出発するの」

「あしただ。松本空港から札幌《さっぽろ》へ飛んで、列車で小樽《おたる》へいく。小樽でレンタカーを調達する」

「岩内っていうところの旅館までの距離は」

「六十キロぐらいだと思う」

「約二時間だろうな」

志高とはあすの午後、松本空港で落ち合うことにした。松本から札幌へは一日一便である。

「宮坂哲哉って、どんな人間なんでしょうね」

吉村がいった。

「若いときに親元をはなれ、二人の妹にも会っていない。変わり者なんだろうけど、妹たちの住所を知っているし、両親の墓参りもしているらしい。何年か前までは、画家として独り立ちできるかどうかは分からなかったので、妹たちや郷里に引け目を感じていたんじゃないかな」

「そういう思いが、普通の人より強いのかもしれませんね」

道原は、そうだろうとうなずいた。

翌日の正午より少し前、志高はリュックを背負って空港の待合室へあらわれた。肩幅は広いし太っているので、背中にのっているリュックが小さく見えた。

ほぼ満席の札幌行きの便は定刻を七、八分遅れて離陸した。道原はこの便に何度も乗っているが、着陸態勢に入るあたりに十和田湖《とわだ》を見下ろす。雲が邪魔をしていなければ、それは蒼《あお》い瞳のようである。

札幌空港へは定刻より五分遅れで到着した。空港からは快速列車で小樽へ向かった。計画通り小樽駅前でレンタカーを調達すると、吉村の運転で西へ向かった。道中は余市川《よいち》を渡る山地だった。

港に近い日野原旅館に到着したときは午後五時をすぎていた。

旅館の女将は五十歳ぐらいで、昨日電話に出た人だった。積丹半島西海岸から雷電海岸にかけての日本海沿いは、奇岩や断崖の連続で、海に沈む夕日はみごとだというが、あいにくきょうは、午後から雲がひろがった。岩内港は古くはニシンの水揚げ地だったが近年はスケトウダラだという。

女将の話をきいているところへ、長乃望月こと宮坂哲哉が外からもどってきた。どこかで一泊してきたのだった。

彼の身長は百六十五センチぐらいか。瘦せぎすで、黒ぐろとした髪は肩をおおっている。

目は大きいほうで鼻が高い。その顔を見た瞬間に沙矢香に似ていると思った。

道原たちを刑事だと知った瞬間の哲哉は怯《ひる》むような目をした。

「雷電海岸へいってこられたそうですが」

道原が目を細くしていった。

「ええ」

哲哉は返事をしたが、喉《のど》になにかがからんでか咳《せき》を二つした。

「立派な画家になられたそうですね」

「立派なんて……」

哲哉は謙遜《けんそん》してか首を横に振った。

「喜助川邸で、何点もお作を見せていただきました」

「それはどうも」

「屋久杉の巨木の絵は圧巻です」

「ありがとうございます」

夕食がすんでから話をうかがいたいと道原がいうと、哲哉は、承知したというように頭を下げて、二階へ上がっていった。

はるばる長野県から、刑事が三人訪れた。哲哉の胸中はざわついているのではないだろうか。道原たちの三人は、左足を少し引きずるようにして歩く哲哉の後ろ姿を目で追っていた。

3

夕食には、カキとアワビとウニが出た。どれもけさ水揚げされた海の幸だという。仕事中なので酒は自重した。

食事がすむと、一階の奥の六畳の部屋を借りた。繁忙期に従業員が寝泊まりするところだという。

頰の赤い十七、八歳に見える女性がお茶を出すと、戸を閉めて出ていった。

「八月三十一日からこの旅館に滞在しているが、あんたは、九月七日から十一日まで外出してもどってこなかった。どこへいっていたんだ」

道原がきいた。

「雷電岬へいっていました」

「雷電岬には泊まれるところがあるのか」

「温泉宿があります」

「何年か前までは八、九軒あったらしいが、現在は一軒もない。雷電岬へいっていたというのは嘘だ。あんたがここへもどらなかった五日間は、信州へいっていたんだろ」

哲哉は顔に固い物でもあたったように目を瞑った。痛みをこらえているように顔をしかめた。

「あんたは、妹の古屋未砂子さんが、諏訪湖畔のかりん荘で殺されると、犯人さがしをしたにちがいない。八月下旬に未砂子さんを殺した犯人が捕まった。犯人は柿ノ木あまりという松本のバーのホステスだった。彼女は川端信吾さんと親密な関係だった。未砂子さんが不幸な目に遭ったかりん荘は川端さんが勤めている会社の管轄下にある場所だ。あんたは川端さんがあまりをそそのかすか、犯行を実行させたとでも勘繰ったんじゃないのか。それで妹の無念を晴らしてやるような気持ちで、川端さんを殺そうと考えた。……九月十日夜、彼の後を尾け、駅へ向かって歩いていたところへ、体当たりを食わせて、走ってきた車に衝突させた。そうだね」

少し陽焼けしている哲哉の顔がゆがんだ。彼は三、四分のあいだ顔を伏せていたが、

背筋を伸ばして姿勢をよくすると、

「私がやりました」

といって腹に手をあてて頭を下げた。

道原と吉村と志高は、力を込めた目で哲哉を見て、うなずいた。

雷電海岸から積丹半島や深い秘境の色あいをにじませていそうな奇岩の風景を眺めたかったが、あすの朝、画家として成長期の宮坂哲哉を、諏訪署へ連れていくことにした。

哲哉はいずれ雷電海岸や小岬を絵にするかもしれないし、また訪れるかもしれないが、道原たちには訪れる機会はないような気がした。

哲哉はすっくと立ち上がると窓を開けた。血を吐くような声で外へ向かってなにかを叫んだ。

言葉をきき取れなかったが、「未砂子」と呼んだようでもあった。

岩内からもどった次の日、宮坂哲哉があらためて川端信吾を殺害しようとしたことを認めたと、志高から電話があった。

道原は今回の事件を振り返ろうと、ノートを開いたところへ、受付から、

「道原さんに、きりもとさんという方が、ご面会です」

と電話があった。

「きりもとさん……」

道原は受話器を耳にあてたまま首をかしげた。

「若い女性の方です」

受付にいわれて思い出した。

上諏訪で桐もとという小料理屋をやっていたが、心筋梗塞《こうそく》で死亡した女性の娘の菜七子だと気付いた。

高校生の菜七子の身になにかが起こったのか――道原は階段を駆け下りた。

白い半袖シャツの菜七子は長椅子から立ち上がった。唇を割って白い歯をのぞかせた。

「新潟の父が、母のお墓を建ててくれました」

「そうか。お父さんは、諏訪へきたんだね」

「お墓ができた日にきて、その日のうちに帰りました。父はまた、お金を沢山置いていってくれました」

道原は、吉村とシマコを呼んだ。菜七子を車に乗せて、桐元祐子が眠る慈念寺へいくことにした。

車はコスモスの花が揺れている坂道をくねくねと曲がった。西陽があたる高台の墓地が見えはじめた。

この作品は2020年8月徳間書店より刊行されました。
なお、本作品はフィクションであり実在の個人・団体などとは一切関係がありません。

徳間文庫

人情刑事・道原伝吉

信州《しんしゅう》・諏訪湖《すわこ》連続殺人《れんぞくさつじん》

2022年2月15日 初刷

著者 梓《あずさ》林《りん》太《た》郎《ろう》
発行者 小宮英行
発行所 株式会社徳間書店
東京都品川区上大崎三－一－一 〒141－8202
目黒セントラルスクエア
電話 編集〇三（五四〇三）四三四九
販売〇四九（二九三）五五二一
振替 〇〇一四〇－〇－四四三九二
印刷
製本 大日本印刷株式会社

ISBN978-4-19-894714-9 （乱丁、落丁本はお取りかえいたします）

徳間文庫の好評既刊

京都・高野路殺人事件

人情刑事・道原伝吉

梓 林太郎

安曇野《あづみの》のホテルで、東京在住のイラストレーター・早見有希世《はやみゆきよ》の他殺体が発見された。彼女を支援する地元企業の笛木《ふえき》社長は、彼女の死亡推定時には京都の出張所にいたはずだというのだが、出張所を訪れた様子はなく、行方不明となっていた。道原《みちはら》らの捜査によって、笛木は、京都の愛人・長尾松美《ながおまつみ》の故郷である高野山《こうやさん》に行った可能性が……。事件は予想外の展開を見せ始めた!?　傑作長篇推理。

徳間文庫の好評既刊

梓 林太郎

黒白の起点

飛騨高山殺意の交差

流行作家・野《の》山《やま》遊《ゆう》介《すけ》の秘書・小《こ》森《もり》甚《じん》治《じ》は、野山が書き散らした原稿を整えたり、作品に必要な取材をするのが仕事だ。ある日、野山が新宿で出会った男から興味深い話を聞き、作品にするために、小森はその男からさらに話を聞くことになったが、男は失踪、高山市内で死体で発見されたのだ⁉ 調査を進めると、男が経営する札《さっ》幌《ぽろ》のクラブのホステスに思わぬ疑惑が浮上。そして第二の殺人が⁉